À ma mère, avec tout mon amour

Traduit de l'anglais
par Zerline Durandal

Maquette : Maryline Gatepaille

ISBN : 978-2-07-062212-2
Titre original : *Glitterwings Academy – Midnight Feast*
Édition originale publiée par Bloomsbury Publishing Plc, Londres
© Lee Weatherly, 2008, pour le texte
© Smiljana Coh, 2008, pour les illustrations
© Éditions Gallimard Jeunesse, 2008, pour la traduction française
N° d'édition : 237593
Loi n° 49-956 du 16 juillet 1949 sur les publications destinées à la jeunesse
Premier dépôt légal : mai 2009
Dépôt légal: août 2011
Imprimé en Italie par L.e.g.o S.p.a

L'École des Fées

Titania Woods

Le festin de minuit

illustré par Smiljana Coh

GALLIMARD JEUNESSE

Twini

Bimi

Pix

Fizz

Sili

Zena

Mariella

Lola

Chapitre
un

— La voilà ! s'écria Tina.

Elle se mit debout sur ses étriers en montrant du doigt le grand chêne.

— Voilà l'École des Fées, je la vois !

Twini, qui volait au-dessus d'elle avec ses parents, regarda sa petite sœur avec attendrissement. « J'étais comme elle au dernier trimestre, songea-t-elle. Perchée sur le dos d'une souris parce que je ne savais pas encore voler, et tout excitée à l'idée de découvrir ma nouvelle école ! »

Les yeux brillants, la mère de Twini s'arrêta.

– Oh, c'est vraiment merveilleux ! Quand j'étais élève ici, j'ai toujours pensé que c'était en été que le grand chêne était le plus beau.

– Si j'ai bonne mémoire, tu dis ça chaque fois, quelle que soit la saison, la taquina son mari.

Il lui adressa un grand sourire, et une mèche de ses cheveux d'un violet foncé lui retomba sur le front.

Twini était tout à fait d'accord avec sa mère. Le grand chêne qui abritait l'École des Fées était magnifique, déployant ses branches majestueuses dans le ciel. Telles des gouttes de rosée, ses petites fenêtres étincelaient tout autour du tronc et, à sa base, la double porte d'entrée monumentale semblait scintiller.

– Si nous voulons arriver chez mamie avant le dîner, il faut y aller, dit le père de Twini. Le soleil se couche déjà, et nous avons encore un bon bout de chemin à faire.

L'École des Fées

À ces mots, la gorge de Twini se serra. Elle savait depuis longtemps que, cette fois-ci, sa famille rendrait visite à sa grand-mère sans elle, et cela la désolait.

Elle se traîna derrière ses parents qui survolaient maintenant le parterre de fleurs sauvages entourant l'école.

De petits groupes de fées surexcitées virevoltaient comme des colibris, se souhaitant mutuellement la bienvenue. Pourtant, aucune élève de la branche des Jonquilles ne semblait être encore arrivée, et Twini, un instant, se sentit terriblement seule.

— Nous t'enverrons une papilettre de chez mamie, la consola sa mère.

Elle l'enveloppa de ses ailes pour la serrer contre elle.

— Passe un très joyeux anniversaire, ma puce. Ça me chagrine vraiment de ne pas être avec toi pour le fêter, mais je suis persuadée que tu t'amuseras bien avec tes camarades.

Twini se força à sourire.

— Oh, ça va être étinsorcelant, j'ai tellement hâte d'y être !

— C'est bien, Twinidou.

Son père l'étreignit à son tour, comprenant sûrement ce qu'elle ressentait. Il lui ébouriffa les cheveux avant de lui tendre son sac en feuille de chêne.

— Passe un bon trimestre, ma chérie, et à très bientôt.

Alors qu'ils s'éloignaient, Twini leur fit signe le plus longtemps possible. Tina se retourna pour lui crier au revoir, dressée sur ses étriers, jusqu'à ce qu'elles se perdent de vue.

Twini baissa tristement le bras et ses ailes mauves s'affaissèrent. Ça y est ! Ils étaient partis.

– Twini !

Elle fit volte-face et vit sa meilleure amie.

– Bimi !

Les deux filles s'embrassèrent, décollant légèrement du sol tant elles battaient des ailes.

– C'est super de revenir à l'école, non ? fit Bimi en riant. Jamais je n'aurais pensé que cet endroit me manquerait, et finalement, si. À la maison, je me suis vraiment ennuyée.

Le sourire de Twini s'évanouit. Elle retomba brusquement sur terre.

– Mm, mm, c'est vrai.

Bimi se posa près d'elle et la dévisagea attentivement.

– Comment ça « Mm, mm » ? Twini, mais qu'est-ce que tu as ?

– Oh, rien.

Mais soudain, les larmes lui montèrent aux yeux. Elle se mordit les lèvres, s'efforçant désespérément de les retenir. Elle ne voulait pas avouer la vérité, de peur de passer pour un bébé.

Bimi l'entraîna derrière une brassée de jacinthes des bois. Les clochettes odorantes projetaient de douces ombres sur le sol, abritant les deux filles des regards inquisiteurs.

– Twini, il faut que tu me dises ce qui se passe.

Son amie sécha ses larmes.

– Eh bien, c'est… c'est mon anniversaire vendredi.

– Et alors, où est le problème ? demanda Bimi, décontenancée.

Twini tenta de ravaler la grosse boule qu'elle avait dans la gorge en respirant profondément.

– D'habitude, je fête mon anniversaire en famille, et c'est vraiment un jour exceptionnel pour moi. Nous allons chez ma grand-mère, c'est toujours mervélicieux.

Elle se mordit la lèvre en pensant à la cuisine douillette de sa mamie et à ses petits gâteaux au miel.

— Oh, Twini ! s'écria Bimi en serrant sa main dans la sienne.

— Mais cette année, je vais passer mon anniversaire à l'école. Je n'ai pas vu ma grand-mère depuis longtemps car elle était partie en voyage. Comme elle vient de rentrer, ma famille va lui rendre visite. Ils vont donc faire une fête brillantastique, sans moi, le jour de mon anniversaire !

Bimi frotta ses ailes or et argent contre les ailes mauves de Twini.

— Je suis sûre que cela les ennuie beaucoup, Twini. C'est tellement dommage que tu ne puisses pas profiter de ce moment avec eux.

Twini réprima un sanglot, honteuse de s'être laissée aller. Bien sûr, ses parents avaient organisé une petite fête d'anniversaire à la maison avant son départ. Et ce n'était pas de leur faute si mamie était absente à ce moment-là, ni si son anniversaire tombait au début du trimestre.

– Je… je n'ai jamais fêté mon anniversaire sans eux auparavant, murmura-t-elle.

Ses joues s'empourprèrent et elle baissa les yeux.

– Ça va me faire un peu bizarre, c'est tout.

Bimi acquiesça gentiment.

– Je comprends. Moi, j'ai de la chance, mon anniversaire tombe pendant les vacances. L'inconvénient, c'est que je ne peux pas le fêter avec mes camarades d'école.

Twini n'avait pas pensé à ça. Elle caressa une feuille de jacinthe toute lisse.

– Tout change quand on est en pension. On n'est plus des bébés, c'est dur parfois.

– C'est vrai, confirma son amie, mais il y a aussi des avantages. Regarde : on sait voler, et on est dans la meilleure école de fées du monde !

Elles se sourirent. Twini avait vraiment de la chance de pouvoir parler à cœur ouvert avec Bimi. C'était un privilège d'avoir une amie comme elle.

– Viens, proposa-t-elle tout à coup, allons vite voir dans notre dortoir si on est toujours l'une à côté de l'autre.

Les deux filles s'envolèrent puis descendirent en piqué, frôlant l'herbe et les fleurs. En riant, elles s'engouffrèrent à toute vitesse sous la grande porte, bousculant au passage certaines des fées plus âgées qu'elles.

– Hé, vous ne pouvez pas faire attention ! protesta l'une d'elles.

Twini s'arrêta un instant pour regarder autour d'elle. L'intérieur de l'école était encore plus merveilleux que l'extérieur : une haute, très haute tour baignée d'une douce lumière dorée. Des fées allaient et venaient parmi les nombreuses branches, tels des oiseaux aux couleurs vives.

– Dépêche-toi, la pressa Bimi.

Lorsqu'elle s'envola, les volutes dorées

de ses ailes scintillèrent sur leur fond argenté. En la voyant pour la première fois, Twini avait été impressionnée par sa beauté. Maintenant, elle était simplement Bimi, son amie.

Elle la rattrapa à tire-d'aile et les deux fées tournoyèrent en direction des étages, passant devant les classes vides et les branches-dortoirs fourmillant de fées fraîchement arrivées. Comme le vent lui chatouillait les ailes, Twini fit brusquement un saut périlleux dans les airs.

Bimi éclata de rire.

Twini lui sourit à son tour : elle commençait à se sentir mieux. Apprendre à voler lui avait vraiment pris un temps fou au trimestre précédent, ce qui l'avait bien embarrassée, car les autres fées de première année vrombissaient déjà comme des libellules. Mais maintenant, elle ne pouvait plus s'arrêter !

« Tout va bien se passer, se dit-elle fermement. J'ai appris à voler, donc je peux apprendre n'importe quoi, même à passer mon anniversaire loin de ma famille. »

Lorsque les filles arrivèrent à la branche des Jonquilles, Twini constata avec satisfaction que tout était exactement comme elles l'avaient laissé : une jolie branche bien confortable avec de douillets lits de mousse et des lampes-lucioles. Une jonquille retournée surplombait chaque lit comme un petit baldaquin. Elles auraient également des uniformes-jonquilles, avec le béret en feuille de chêne porté à la Gavroche par toutes les élèves de l'école.

– Regarde, on est à la même place qu'avant ! s'écria Bimi.

Elles voltigèrent rapidement vers les deux lits proches de la fenêtre.

– Oh, c'est super, dit Bimi, en sautant sur le sien. J'avais tellement peur que nous ne soyons pas côte à côte.

D'autres élèves étaient en train de défaire leurs bagages. Pix, une astucieuse petite fée rousse, sourit et battit de ses ailes jaunes.

– Nous vous les avons gardés ! s'écria-t-elle.

– Merci, répondit Twini avec un grand sourire.

Une fée au nez pointu et aux cheveux gris-vert renifla bruyamment.

– Moi, je trouve que ce n'est pas juste de garder des lits pour les autres ! Lola et moi, nous aurions peut-être aimé dormir là.

Twini fit la grimace et s'abstint de lui répondre.

– Mariella n'a pas changé, à ce que je vois, chuchota-t-elle.

– Non, elle a toujours son caractère exquis ! approuva Bimi. Quelle chance !

Twini ouvrit son sac en feuille de chêne et commença à ranger ses affaires. Elle les disposa soigneusement sur la tablette brune et veloutée de son champignon de chevet : le chardon qui lui servait de brosse, une bouteille de vernis à ailes scintillant, et les portraits de sa famille.

Twini les effleura du doigt en soupirant.

C'était vraiment étrange de penser qu'ils étaient chez mamie sans elle.

– Tout va bien se passer, Twini, fais-moi confiance ! chuchota Bimi.

Elle s'efforça de sourire.

– Mm, mm.

Elle remarqua tout à coup une chose tapie sur le champignon de chevet de son amie, et écarquilla les yeux.

– Bimi, tu as un réveil-grillon !

Celle-ci acquiesça, tapotant la tête brillante de l'insecte. Il agita ses antennes en stridulant joyeusement.

– Oui, c'est mon père qui me l'a offert. Il sait que j'ai du mal à me réveiller le matin !

– Comment fonctionne-t-il ?

Twini gratouilla le grillon sous le menton.

Bimi lui montra un petit carnet de pétales.

– Il suffit d'écrire l'heure à laquelle tu souhaites qu'il te réveille, et de glisser le pétale sous ses pattes avant. Sinon, il oublie ! Les grillons sont serviables, mais ils n'ont pas très bonne mémoire !

Avant que Twini réponde, un grand cri résonna dans toute la branche.

– Twini, tu es arrivée !

Fizz ! Twini tourbillonna tandis qu'une fée pleine d'énergie fonçait sur elle, manquant la renverser en la serrant dans ses bras.

– Génial, ma jumelle inversée est là ! dit Fizz en battant des ailes. Elle n'est pas brillantastique, cette rentrée ?

Twini sourit. Fizz l'appelait toujours « ma jumelle inversée », car elle avait des cheveux mauves et des ailes roses, alors que Twini avait les cheveux roses et les ailes mauves. Les deux fées avaient été très proches au trimestre précédent, et Twini l'appréciait toujours – même si elle s'était rendu compte qu'elle n'était pas la plus fiable des amies.

– C'est super, dit-elle joyeusement en coinçant une mèche rose derrière son oreille. Tu as passé de bonnes vacances ?

Bimi s'était figée depuis que Fizz était arrivée. Elle donna une feuille à grignoter à son grillon sans piper mot.

– Mervélicieux !

Fizz se jeta sur le lit de Twini et se mit à sauter dessus.

– On a fait un tas de choses avec ma sœur Winn. Et puis elle m'a donné plein d'idées pour qu'on s'amuse un peu.

– Pourquoi ? Tu t'ennuies ? demanda Bimi assez sèchement.

Twini se raidit : elle savait que les deux fées ne s'appréciaient guère.

Fizz leva les yeux au ciel.

— Eh bien, nous avons juste fait une toute petite farce à Mme Piedléger au dernier trimestre. Ma sœur avait fait les quatre cents coups dès le premier trimestre !

Bimi serra les lèvres.

— Au fait, on a déjà notre emploi du temps ? demanda subitement Twini. On doit commencer les soins aux créatures de la nature ce trimestre, j'ai vraiment hâte ! Pas vous ?

Elle les regarda, pleine d'espoir. Si seulement elle arrivait à les faire discuter, de n'importe quoi, peut-être pourraient-elles devenir amies toutes les trois.

Mais Bimi ne dit rien, et Fizz se mit à rire en battant de ses ailes roses.

— Un cours en plus, plus de devoirs ! Mais Winn dit que M. Doucepoigne est une vraie crème. On devrait bien s'amuser avec lui.

Twini eut un petit rire forcé, mais elle fut soulagée de voir arriver Mme Polochon, la surveillante du dortoir. La fée dodue aux ailes argentées maugréa en se posant sur l'étroit palier, à l'extrémité de la branche.

– Oh, là, là, haleta-t-elle en s'éventant avec ses ailes. J'ai de plus en plus de mal à monter jusqu'ici. Bonjour, les filles, tout le monde est là ?

Elle les compta rapidement et hocha la tête, satisfaite.

– Très bien ! Suivez-moi maintenant, c'est l'heure de la réunion de début de trimestre à la Grande Branche.

La première réunion du trimestre ! Les ailes de Twini frissonnèrent d'excitation. Elle fila jusqu'au palier et décolla à la suite de ses camarades. Elles volaient en file indienne, formant un cortège fluide comme l'eau d'un ruisseau. L'air vibrait des cris et des battements d'ailes des petites fées qui arrivaient de toutes parts.

En pénétrant dans la Grande Branche, Twini avisa immédiatement la longue table de sa promotion, recouverte de mousse et surplombée d'une corolle de jonquille. Suspendues au plafond, une multitude de lanternes-lucioles éclairaient la salle comme un ciel étoilé.

– Viens, Bimi, lança Twini en se précipitant à leur table.

Les deux fées échangèrent un sourire complice en s'asseyant côte à côte sur les champignons rouges à pois blancs.

Les enseignants bavardaient, installés sur une estrade en hauteur.

En voyant Mme Volauvent, professeur de vol et responsable des premières années, Twini se retint de sourire. L'enseignante si exigeante et autoritaire avait eu un mal fou à lui apprendre à voler… mais finalement, elle y était arrivée !

Lorsque toutes les fées furent assises, Mlle Tincelle, la directrice, survola l'assemblée et frappa dans ses mains pour réclamer le silence. La Grande Branche se tut. On entendit juste un bruissement d'ailes quand toutes les élèves se retournèrent pour la fixer, les yeux brillants.

– Bienvenue à toutes, commença Mme Tincelle de sa voix chaleureuse.

Ses cheveux blancs resplendissaient et ses ailes arc-en-ciel étincelaient de mille feux.

– En ce nouveau trimestre, je souhaite que vous travailliez avec encore plus d'application. Il est indispensable que vous soyez plus sérieuses qu'au trimestre dernier, car certaines d'entre vous ont pris notre hymne un peu trop au pied de la lettre.

Elle jeta un regard appuyé sur le milieu de la branche. Twini se retourna pour voir la table des Primevères à laquelle se trouvait Winn, la sœur de Fizz. Winn et ses amies sourirent d'un air penaud.

– Je conçois que vous ayez envie de vous amuser, mais j'espère qu'il y aura moins de farces et de facéties, ce trimestre, dit fermement Mlle Tincelle. Si l'une d'entre vous a des difficultés à s'assagir, nous considérerons qu'elle dispose de trop de temps libre et qu'elle a besoin d'effectuer des travaux supplémentaires pour s'occuper. Est-ce clair pour tout le monde ?

La Grande Branche était tellement silencieuse qu'on aurait pu entendre une souris remuer la queue. La directrice observa les élèves. Une petite lueur pétillait au fond de ses yeux, mais Twini sentit qu'elle ne plaisantait pas.

– Je suis heureuse que vous m'ayez bien comprise, fit Mlle Tincelle en souriant enfin. Il ne nous reste plus qu'à entonner en chœur l'hymne de l'École des Fées.

Twini et les autres se levèrent. L'orchestre de criquets prit place derrière Mlle Tincelle et, quelques instants plus tard, toute la branche résonnait de leur musique joyeuse. Les fées, palpitant des ailes en cadence, chantaient de tout leur cœur :

Vive l'École des Fées, l'école enchantée,
Perchée dans son grand chê-ne !
Tout est magique et féerique !
On y apprend en jouant et s'amusant !
Merveilleux professeurs et amies de cœur,
Sont là pour notre bonheur-heur !
Vive l'École des Fées, l'école enchantée,
Perchée dans son grand chê-ne !

— Papillons, c'est à vous ! déclara Mlle Tincelle à la fin de la chanson.

Elle leva le bras et une volée de papillons bigarrés envahit la branche. Ils portaient des plats en feuille de chêne débordants de gâteaux aux graines de pavot et des pichets remplis de rosée fraîche. Les conversations reprirent au fur et à mesure que les filles s'asseyaient et commençaient à manger.

— C'est un vrai défi, affirma Fizz, souriante, tout en saupoudrant son gâteau de pollen. Jusqu'où peut-on aller sans se faire prendre ?

Pix secoua sa tête rousse.

– Je pense que nous devrions nous tenir à carreau. Mlle Tincelle n'avait pas l'air de plaisanter.

Twini grignotait distraitement pendant que ses amies discutaient. Ses parents étaient sans doute déjà arrivés chez mamie à l'heure qu'il était. Elle habitait une souche d'arbre douillette, au milieu des bois, une maison claire et propre, pleine d'odeurs délicieuses. Twini et Tina adoraient jouer avec les enfants de ses voisins, une famille de taupes. Le soir, mamie leur racontait de merveilleuses histoires de sa jeunesse.

« Cette fois, ce sera sans moi », se dit Twini. Sa famille aurait-elle seulement une pensée pour elle le jour de son anniversaire ?

« Oh, ne sois pas bête, se reprocha-t-elle intérieurement. Bien sûr que oui ! »

– Tout va bien ? chuchota Bimi.

Twini lui sourit avec gratitude.

– Ça va, dit-elle.

Elle mordit dans son gâteau et soupira, en

songeant aux délicieux croquants au miel que préparait toujours mamie pour son anniversaire.

— Ça va, répéta-t-elle. Mais… je serai cent fois plus heureuse lorsque mon anniversaire sera enfin passé.

Chapitre deux

Ce soir-là, alors que les autres dormaient depuis longtemps, Bimi restait étendue, les yeux grands ouverts, dans son lit. Elle se faisait du souci pour son amie. Pauvre Twini ! Elle était tellement triste de passer son anniversaire loin de sa famille. Que pourrait-elle bien faire pour lui changer les idées ?

« Je vais lui offrir mon stylo à bave d'escargot », décida-t-elle. Sa mère le lui avait acheté pendant les vacances : un stylo brillant dernier cri. Sûr que Twini l'adorerait.

Un petit cadeau, c'était bien. Mais elle voulait aussi marquer le coup, le jour J.

Bimi fronça les sourcils et fixa le plafond éclairé par la lune. Une fête ? Oui, mais pas n'importe quelle fête. Une fête brillantastique, afin que Twini oublie que sa famille était chez sa grand-mère sans elle.

Malheureusement, Bimi n'avait pas beaucoup d'idées. Elle pensait juste que ça devait se tenir dans la branche commune. « Dommage que je ne sois pas aussi astucieuse que Pix, se lamenta-t-elle, j'aimerais tellement surprendre Twini. »

L'idée qui lui traversa subitement l'esprit la tétanisa. Bien sûr, c'est ça qu'il fallait : elles allaient organiser un anniversaire surprise ! Encore mieux, un festin de minuit ! Quelle mervélicieuse idée !

L'avertissement de Mlle Tincelle lui revint en mémoire. Elle grimaça : faire un festin de minuit ne les empêcherait pas de travailler sérieusement, n'est-ce pas ?

« J'ai besoin d'aide pour mettre tout ça au point discrètement », pensa-t-elle. Elle prendrait Pix à part le lendemain matin : la petite fée aurait sûrement plein d'idées lumineuses. Bimi n'avait jamais enfreint le règlement, mais là, c'était important. C'était le seul moyen de consoler son amie.

Elle s'endormit, le sourire aux lèvres. Elle imaginait le visage de Twini rayonnant de plaisir en entrant dans la branche commune. Sa meilleure amie aurait la plus miroitil-lante fête d'anniversaire de toute sa vie !

Cri-cri ! Cri-cri !
Twini ouvrit les yeux au premier chant du grillon.

Tout ensommeillée, elle s'assit et vit son amie tapoter la tête de la petite créature qui redevint silencieuse.

– Merci, petit grillon, dit Bimi.

– Il fonctionne ! s'écria Twini.

Bimi sourit.

– Évidemment ! Il est chouette, non ?

Elle sauta de son lit. En chantonnant, elle prit sa brosse-chardon pour coiffer ses che-veux bleu nuit.

Twini la regarda, surprise. Jamais Bimi n'était d'aussi bonne humeur le matin. Aujourd'hui, elle semblait gaie comme un pinson.

Mais avant qu'elle ait pu lui poser la moindre question, Mme Polochon fit irruption dans le dortoir, l'air affairé, les bras chargés de jonquilles jaunes et blanches.

– Debout, les marmottes ! Il est l'heure de se réveiller et d'étinceler, mes chéries !

« Nos nouveaux uniformes ! » se réjouit Twini en bondissant de son lit.

En un rien de temps, Mme Polochon les vêtit de neuf. Grâce à une simple pincée de poussière magique rose et dorée prise dans la petite bourse accrochée à sa ceinture, les fleurs se transformaient instantanément en robes à la taille de chaque fée. Twini fit tournoyer la sienne, blanche bordée de jaune.

– Quand pourrons-nous faire nos vêtements nous-mêmes ? demanda Fizz depuis l'autre bout de la branche.

Elle posa son béret en feuille de chêne de

Uniforme de la branche des Jonquilles

Twini
Papivole

travers sur une oreille, ce qui lui donna un petit air désinvolte.

Mme Polochon accourut pour remettre son béret bien droit sur sa tête.

— Pas avant la cinquième année. Vous avez encore beaucoup à apprendre sur la poussière magique. Il vous faudra quelques bonnes années de pratique avant d'être en mesure de réussir correctement un sort de transformation.

— Les grandes s'en occupent elles-mêmes ? demanda Pix.

Sa robe jonquille était d'un jaune éclatant, qui allait à ravir avec ses ailes.

La surveillante acquiesça.

— Oui, mais je les surveille. Si vous voyiez ce qu'elles essaient de faire avec leurs robes, ça vous ferait boucler les ailes. Bien, qui veut son emploi du temps ?

Twini et ses camarades s'attroupèrent autour de Mme Polochon qui leur tendit un pétale de rose chacune.

— Regarde, Bimi, on va commencer les soins aux créatures de la nature ! Génial, j'ai hâte d'y être !

— Oh non, on va avoir cours de vol en équipe ! gémit Mariella. Mme Volauvent s'imagine sans doute que nous savons toutes voler…

Elle adressa à Twini un sourire narquois tout en poursuivant :

– … alors que certaines s'y sont mises tardivement et ne maîtrisent pas encore tout à fait la technique…

Elle donna un coup de coude à son amie Lola, une petite fée toute mince aux ailes d'un bleu pâle. Twini rougit en les entendant pouffer.

Bimi fusilla Mariella du regard.

– Rappelle-moi un détail : qui a gagné le prix de la meilleure performance de vol toutes catégories confondues au dernier trimestre ? demanda-t-elle d'un ton plein de sous-entendus.

Le visage de Mariella s'assombrit lorsque les autres fées de la branche se mirent à rire. Elle avait vraiment été furieuse que Twini remporte la récompense à sa place.

Cette dernière adressa un sourire reconnaissant à son amie.

– Allons, allons, cessons un peu ces chamailleries ! intervint Mme Polochon, en les poussant vers le palier. Venez toutes, c'est l'heure du petit déjeuner.

– Parfait, commenta Mme Volauvent en survolant ses élèves de première année.

Ses cheveux bleu ciel étaient tirés en un chignon très strict.

– Aujourd'hui, nous allons travailler la vrille Somenzini. Je ne veux plus voir d'ailes relâchées lorsque vous finissez vos loopings.

Twini écoutait attentivement. Elle n'avait appris à voler qu'à la toute fin du dernier trimestre mais, malgré tout, elle espérait s'amuser autant que ses camarades dans ce nouveau cours.

Mme Volauvent voletait de droite à gauche devant la longue rangée de fées.

– La vrille Somenzini n'est pas uniquement une figure décorative ! Elle peut se révéler d'une utilité vitale pour sortir d'un endroit très étroit.

À l'autre bout du champ de vol, le grand chêne se dressait vers le ciel, et ses fenêtres scintillaient dans les premiers rayons du soleil.

– Bien, commençons l'entraînement.

Mme Volauvent frappa ses ailes l'une contre l'autre.

– Twini, tu voleras avec Pix. Les autres, vous allez reformer les mêmes groupes qu'au dernier trimestre.

Oh, non ! Twini jeta un coup d'œil à Bimi. Son amie s'était figée, comme si elle avait reçu une douche glacée sur la tête.

– Mais, madame…, protesta-t-elle.

Mme Volauvent plana à quelques mètres au-dessus d'elle.

– Oui ? aboya-t-elle.

Écarlate, Bimi regarda Twini pour se donner du courage. Puis elle se lança enfin :

– Madame, s'il vous plaît, pourrais-je être dans un autre groupe ?

Le professeur fronça les sourcils.

– Pourquoi ? Qu'est-ce qui ne va pas dans ton équipe ?

Mariella fixait Bimi d'un œil perçant. « La pauvre ! pensa Twini. Elle a déjà dû supporter cette peste pendant tout le premier trimestre. Pourvu que Mme Volau-vent l'autorise à changer de groupe. »

Bimi prit une profonde inspiration avant d'avouer :

— Je ne veux pas voler avec Mariella.

Le professeur de vol haussa un sourcil bleu ciel en demandant :

— Ah bon, et pourquoi donc ?

Bimi avait les joues en feu.

— Je… je ne l'aime pas, répondit-elle.

De petits gloussements retentirent de toutes parts. Même Lola laissa échapper un ricanement gêné. Twini vit Mariella blêmir de rage.

— Toi, tu ne perds rien pour attendre, souffla-t-elle tout bas.

— Tu as quelque chose à dire, Mariella ? demanda Mme Volauvent en lui jetant un regard sévère.

Les yeux de la petite fée s'assombrirent encore.

— Non, madame.

— Bien. D'accord, Bimi, tu peux te mettre

avec Twini et Pix pour changer. Quant à toi, Mariella, tu restes avec Lola. Lorsque tu seras plus agréable, peut-être que les autres auront envie de faire partie de ton équipe.

Tandis que cette dernière bouillait de rage, Twini et Bimi se donnèrent la main. Elles pouvaient voler ensemble, c'était vraiment brillantastique !

Mme Volauvent donna un coup de sifflet.

– Allez, maintenant, on décolle. Nous allons débuter par une série de six loopings. Et rappelez-vous bien : je veux des mouvements d'ailes précis et contrôlés !

Les fées s'envolèrent prestement, faisant fuir une nuée de moucherons. Pendant que Twini, Pix et Bimi cherchaient un coin de ciel libre pour s'entraîner, Mariella fonça droit sur Bimi, Lola planant sur ses talons.

– Comment as-tu osé me faire honte devant tout le monde ? murmura-t-elle, tremblante de rage. Tu ne vas pas t'en tirer comme ça, c'est moi qui…

– Oh, arrête un peu, intervint Pix. Bimi

n'y est pour rien. Tu es odieuse, tout le monde est d'accord là-dessus.

Mariella serra les poings, près d'exploser. Elle s'éloigna à toute vitesse, lançant un regard assassin à Bimi par-dessus son épaule.

La petite fée, bouleversée, avala péniblement sa salive.

— Elle m'en veut vraiment maintenant ! Mais je ne pouvais plus voler avec elle, c'était devenu insupportable !

— Je sais !

Twini s'approcha de son amie et frotta ses ailes contre les siennes.

— Ne l'écoute pas, c'est une peste.

Malgré tout, elle jeta un coup d'œil à Mariella. Jamais elle ne l'avait vue s'énerver à ce point. Bimi ferait bien de l'éviter pendant un certain temps !

Les filles se remirent au travail, prenant de la vitesse avant de replier leurs ailes pour effectuer une belle vrille dans les airs. Twini souriait, ses cheveux roses lui battant le visage. Mme Volauvent avait beau être terriblement sérieuse, c'était vraiment amusant de faire des loopings.

Toute la matinée, Bimi essaya de prendre Pix à part, sans succès. Enfin, après le cours de vol, ce fut Twini qui résolut le problème pour elle.

— Oh, regardez, voilà Sili ! s'écria-t-elle alors qu'elles approchaient de l'école. Je reviens tout de suite, je veux juste lui demander comment se sont passées ses vacances.

Elle fila dans un tourbillon rose et mauve.

Dès que Twini fut partie, Bimi s'empressa de dire :

— J'ai quelque chose à te demander, Pix.

La petite fée la regarda, surprise.

— Bien sûr ! De quoi s'agit-il ?

Bimi lui exposa son plan aussi brièvement que possible.

— Je voudrais organiser un festin de minuit pour l'anniversaire de Twini. Une fête étinsorcelante. Et bien entendu, comme nous n'avons aucune envie que Mariella et Lola se joignent à nous, il faudra que cela reste secret.

– Un festin de minuit, quelle mervéli-cieuse idée ! s'exclama Pix, les yeux brillants. Tu as raison, il ne faut pas que ces deux-là soient au courant. Elles fonceraient tout rapporter à Mme Volauvent, et tu te souviens de ce qu'a dit Mlle Tincelle !

Bimi se mordit les lèvres. Elle n'avait tout bêtement pas pensé que Mariella et Lola pourraient les dénoncer ! Bien sûr, Pix avait raison. Mariella n'hésiterait pas à leur causer des ennuis si elle en avait l'occasion. Surtout après ce qui s'était passé ce matin !

Elle scruta l'horizon par-dessus son épaule d'un air inquiet. Mariella et Lola volaient à l'écart des autres, chuchotant en catimini.

– Peut-être que c'est trop risqué, soupira-t-elle. On devrait plutôt se contenter d'une fête à l'heure du déjeuner…

Pix secoua la tête.

– Non, on va organiser un festin de minuit pour Twini, ce sera parfait. On ne se fera pas prendre, si on se débrouille bien.

Elles entrèrent dans le grand chêne.

– Et Fizz, au fait ? demanda soudain Pix. Ce n'est pas ta fée préférée, je sais, mais tu devrais aussi lui proposer de nous aider, je suis persuadée qu'elle aura de bonnes idées.

Bimi fit la grimace, mais Pix avait raison.

Fizz était géniale pour ce genre de choses. Grâce à elle, la fête de Twini serait certainement mémorable.

– D'accord, dit-elle. On inventera une histoire à midi pour pouvoir discuter tranquillement toutes les trois, sans Twini.

– Un festin de minuit ? Brillantastique ! s'écria Fizz. C'est exactement ce dont on avait besoin pour animer un peu ce deuxième trimestre.

Les trois filles étaient perchées sur les tabourets-champignons de la bibliothèque

de l'école, une longue pièce haute de plafond, où s'étiraient des rangées entières de
livres faits de pétales de rose. Au-dessus
d'elles, les ailes vibrantes, des fées volti-
geaient devant les rayonnages comme des
bourdons.

« Elle est vraiment incorrigible », pensa
Bimi. Comme s'il était plus important de
s'amuser que de consoler leur amie !

Elle s'efforça de dissimuler son agace-
ment.

— Bon, j'avais pensé faire ça dans la
branche commune vendredi soir. Donc, je
me demandais si vous aviez des idées
pour…

Elle s'interrompit. Fizz secouait vigoureusement sa tête mauve.

— Non, pas dans la branche commune ! Ce
n'est pas drôle. Vous savez où on pourrait
aller ?

Fizz se pencha en avant, les yeux pétil-
lants.

— Où ? la questionna Pix, intriguée.

– Au vallon Enchanté, annonça-t-elle triomphalement. Ce n'est pas très loin de l'école, ma sœur m'en a parlé. Ça a l'air vraiment mervélicieux. Il y a un ruisseau bordé de roseaux et plein de fleurs, je pense que c'est l'endroit idéal pour un anniversaire féerique !

Bimi et Pix se consultèrent du regard.

– Tu veux qu'on sorte de l'école ?

Le vallon Enchanté

s'étonna Bimi. Fizz, je ne sais pas, il me semble que c'est déjà suffisamment risqué…

Fizz froissa ses ailes.

— Oh, ne fais donc pas ta fée mouillée ! C'est facile, Winn y est déjà allée plein de fois. Tu veux organiser un anniversaire exceptionnel pour Twini, oui ou non ?

Bimi pinça les lèvres.

— Oui, bien sûr, mais…

— Tu crois que c'est faisable, Fizz ? les coupa Pix. Comment irons-nous là-bas ? Les portes ne sont pas fermées à clé la nuit ?

Fizz se mit à rire.

— Qui a parlé de portes ? On sait voler, non ? On n'aura qu'à sortir par la fenêtre ! La seule chose qui pourrait effectivement poser un problème, c'est qu'on ne peut pas les ouvrir de l'extérieur. Il faudra donc que quelqu'un reste pour nous faire rentrer au retour. Ou bien deux fées pourraient se relayer, comme ça, chacune profiterait de la fête.

Bimi soupira. Sa petite fête toute simple se changeait en entreprise périlleuse !

Mais Pix ne paraissait pas de cet avis. Elle hocha pensivement la tête.

— Vous savez, on a moins de risques de se faire prendre hors de l'école. Tu as raison, Fizz, je pense que ça pourrait marcher.

La petite fée rejeta en arrière ses cheveux mauves.

— Évidemment que ça va marcher ! Je vous l'ai dit : Winn s'y est déjà rendue des milliers de fois. D'après elle, le vallon Enchanté est l'endroit le plus étinsorcelant qu'elle ait jamais vu.

Pix sortit un carnet de pétales de son sac pour prendre des notes.

— Et comment on va faire pour la nourriture ? Il va en falloir des quantités !

Fizz sourit.

— Ça tombe bien, comme on est en début de trimestre, tout le monde a apporté des provisions, on va pouvoir se les partager. En plus, Winn dit que…

Les ailes de Bimi se raidissaient à mesure que les deux autres continuaient à papoter. Elle avait déjà l'impression que son plan ne lui appartenait plus. Fizz se l'était approprié.

« Je suis vraiment trop bête, se dit-elle. La seule chose qui compte, c'est que Twini passe un bon moment. Et puis, elle saura bien que c'est moi qui ai eu l'idée ! »

Chapitre trois

Les jours suivants, Twini aurait juré que les fées de sa branche complotaient quelque chose. Elles étaient tout le temps en train de chuchoter, et quand elle leur posait des questions, elles lui assuraient qu'il ne se passait rien du tout. Même Bimi avait un comportement étrange. Twini la trouvait bien silencieuse ces derniers temps. Elle avait l'impression que sa meilleure amie avait une idée derrière la tête.

Les choses se précipitèrent le jeudi soir, après le dîner, lorsque Twini entra dans la branche commune des premières années. Mme Piedléger leur avait enseigné de nouvelles danses splendiradieuses durant l'après-midi, et Twini avait bien envie de s'entraîner avec les autres. Justement, c'était le bon moment : elle avait aperçu Mariella et Lola se diriger vers la bibliothèque. Il fallait absolument en profiter pendant qu'elles n'étaient pas là, assises dans leur coin à ricaner.

Elle papillonna dans la pièce puis s'arrêta net. Les Jonquilles tenaient un conciliabule. Seule Bimi se tenait à l'écart avec une expression peinée, alors que leurs chuchotements s'amplifiaient.

Intriguée, Twini s'approcha furtivement, tendant ses oreilles pointues.

– Moi, je ne peux pas m'en occuper, disait Fizz. Je suis la seule à connaître le chemin, je ne peux pas rester ici !

– Bah, c'est juste que tu ne veux pas manquer une miette de la fête, la taquina Zena. Si ta tête de guêpe de sœur est arrivée à trouver cet endroit, ça ne doit pas être bien difficile.

Fizz fronça les sourcils, mais Pix intervint avant qu'elle ait eu le temps de répondre :

— On n'a qu'à tirer au sort. Comme aucune d'entre nous ne veut rater un moment de cette fête, ce serait juste de procéder de cette manière.

« Une fête ? » Twini resta figée sur place, les ailes paralysées.

— De quoi parlez-vous ? s'écria-t-elle.

Subitement, toutes les fées de la branche des Jonquilles eurent l'air d'avoir avalé des coccinelles.

— Oh ! Twini, tu n'étais pas censée écouter, gémit Sili.

— Mais j'ai tout entendu ! répliqua-t-elle, les poings sur ses hanches. Qu'est-ce que vous mijotez ? De quelle fête s'agit-il ?

Fizz lui adressa un grand sourire.

— Dans ce cas, je pense que nous devons t'en parler. Twini, on…

— Non ! protesta Bimi en battant des ailes. Ça devait être une surprise !

Twini regarda son amie avec étonnement.

Elle qui était si calme d'habitude semblait au bord des larmes.

Fizz leva les yeux au ciel.

– Bah, il n'y a plus vraiment de surprise, alors autant le lui dire !

Elle virevolta vers Twini et lui prit la main.

– Écoute, ma jumelle, nous allons toutes organiser un festin de minuit pour ton anniversaire demain soir. Enfin, sauf Mariella et son moustique de copine bien entendu.

Les autres fées acquiescèrent, ravies.

– Bravo, on peut vraiment compter sur Fizz pour garder un secret ! railla Pix. On voulait te faire la surprise, Twini !

– Un… un festin de minuit ? Pour… pour moi ? bafouilla-t-elle, le souffle coupé.

– Mieux que ça ! rectifia Zena qui se pencha en avant pour chuchoter : Fizz a eu une super idée, on va aller au vallon Enchanté !

Pix acquiesça.

– Elle a tout prévu. Ce sera la plus brillantastique des fêtes !

Les ailes de Twini fourmillèrent d'exci-

Zena

tation. Le vallon Enchanté ! Fizz lui en avait déjà parlé : à la croire, c'était l'endroit le plus féerique au monde.

– Oh, ce serait mervélicieux ! murmura-t-elle. Merci, Fizz !

Remarquant l'air contrarié de Bimi, elle bougonna en son for intérieur. Oh non, elle aurait dû se douter qu'elle serait jalouse de Fizz !

– Je tiens à remercier chacune d'entre vous, s'empressa-t-elle d'ajouter, en regardant sa meilleure amie. J'ai tellement hâte d'être à demain.

– On fait tout pour te remonter le moral !
dit Fizz.

En riant, les autres se mirent à chatouiller
Twini pour la taquiner tandis que, le visage
fermé, Bimi tournait les talons.

Twini la regarda s'éloigner, blessée.
Qu'est-ce qui lui prenait ? Elle ne voulait
pas qu'on fasse une fête en son honneur ?

Fizz lui prit le bras.

– Viens, jumelle, je vais te montrer les provisions que nous avons mises de côté pour
demain soir. Winn m'avait parlé d'un trou
bien large dans un nœud du grand chêne et
nous y avons caché toutes nos victuailles.

Encore bouleversée par la réaction de Bimi,
Twini se laissa entraîner. Au moins, elle
n'avait pas à s'inquiéter de l'humeur de Fizz,
toujours au beau fixe ! La fée aux cheveux
mauves était gaie et joyeuse quoi qu'il arrive.

Le lendemain, Twini eut du mal à se
concentrer sur son travail. Mme Piedléger
soupirait bruyamment devant ses pas de

danse hésitants, et Mlle Pétale, leur professeur d'initiation au pouvoir des fleurs, finit par interrompre son cours sur les boutons-d'or.

— Twini Papivole, as-tu seulement écouté un mot de ce que j'ai dit ?

La petite fée sursauta. Elle était en train de regarder par la fenêtre en rêvant au vallon Enchanté.

— Oui, bien sûr, mademoiselle ! s'empressa-t-elle de répondre.

Le professeur lui sourit gentiment.

— Fort bien. Dans ce cas, peux-tu nous montrer comment venir en aide à ce pauvre bouton-d'or ?

Oh, nom d'une guêpe ! Twini lança un regard paniqué à Bimi, mais son amie se contenta de hausser les épaules et détourna la tête.

La gorge de Twini se noua. Bimi lui avait à peine adressé la parole depuis la veille.

— Maintenant, Twini, pas au prochain solstice ! insista Mlle Pétale.

Quelqu'un ricana. C'était Mariella, évidemment ! Twini se leva à contrecœur de son tabouret-champignon et voleta vers l'avant de la branche.

Dans son pot de coquille de noix, le bouton-d'or tout flétri faisait pitié. En se remémorant ses leçons du dernier trimestre, Twini effleura légèrement les feuilles du bout des doigts. Elle ferma les yeux et envoya à la fleur autant de pensées positives que possible.

« C'est mon anniversaire aujourd'hui. Mes amies organisent un festin de minuit en mon honneur, on va aller au vallon Enchanté. »

Twini ouvrit les yeux, toute souriante, puis retint son souffle, consternée. La fleur était toujours dans le même état !

— Tu n'as pas écouté ! la gronda Mlle Pétale en repliant ses ailes jaunes. J'étais en train d'expliquer que les pensées positives n'ont pas d'effet sur les boutons-d'or. Ils ont besoin de pensées stimulantes. Pour les

revigorer, il faut imaginer un vol de quelques kilomètres par exemple.

Twini acquiesça, les joues en feu.

— Excusez-moi, mademoiselle, je… j'avais
la tête ailleurs.

— Oh, oh, je me demande bien où, murmura Fizz assez fort pour être entendue.

Un gloussement parcourut la classe, et
Twini sourit malgré l'incompréhension qui
se peignait sur le visage agacé de Mariella.

— Ça suffit, les filles ! s'écria Mlle Pétale.
Tu peux retourner t'asseoir, Twini.

Lorsqu'elle reprit sa place, Bimi, toujours
tournée vers la fenêtre, l'ignora. La gorge
serrée, Twini chuchota :

— Bimi, mais qu'est-ce que tu as ?

Son amie haussa froidement les ailes.

— Tu n'as qu'à demander à Fizz, répliqua-
t-elle entre ses dents.

— Ah, là, là ! s'exclama Twini, exaspérée.

Bimi était contrariée qu'elle soit plus
proche de Fizz en ce moment, mais c'était
vraiment injuste. Puisque Fizz lui organisait

une fête d'anniversaire, c'était normal qu'elle soit sympa avec elle. Et pourquoi au juste ne pourrait-elle pas avoir deux amies ?

Agacée, elle se plongea dans son livre de pétales et s'abstint de regarder Bimi pendant le reste du cours.

Le soir, au dîner, pour la première fois depuis le début du trimestre, les deux amies ne s'assirent pas côte à côte. Lassée de ces chamailleries, Twini mit un point d'honneur à rire et discuter avec les autres.

Fizz lui donna un petit coup d'aile.

– Eh, ne mange pas trop, ma jumelle inversée ! Sinon tu n'auras plus faim.

Mariella fronça les sourcils.

– Comment ça ? Qu'est-ce qui se passe ?

– Oh, j'ai entendu dire qu'il y aurait un méga petit déjeuner demain matin, répliqua Fizz avec conviction. Il faut qu'on garde un peu de place !

Les autres parvinrent tant bien que mal à conserver leur sérieux.

Juste à ce moment-là, les papillons enva-

hirent la Grande Branche, faisant froufrou-
ter délicatement leurs ailes aux couleurs de
pierres précieuses. Certains d'entre eux
fondirent sur les tables pour les débarrasser
des plats et des miettes, pendant que les
autres distribuaient le courrier aux petites
fées.

– Oh ! s'écria Twini en voyant s'approcher d'elle trois papillons encombrés d'un
gros colis.

« Twini Papivole, École des Fées » men-
tionnait l'étiquette rédigée par sa mère.

– Mes parents m'envoient un paquet pour
mon anniversaire ! s'exclama-t-elle.

Les papillons, fatigués, le déposèrent
devant elle avec précaution avant de
reprendre leur envol.

– C'est brillantastique ! dit Fizz en battant
des ailes. Ouvre-le tout de suite !

Toutes les fées de la table se tournèrent
vers elle en tendant le cou pour mieux voir.

Twini jeta un œil à Bimi. Subitement, elle
lui demanda :

– Tu veux bien m'aider à l'ouvrir, Bimi ?

Son amie parut surprise, mais elle sourit.

– Volontiers.

Twini poussa un soupir de soulagement tandis qu'elle venait l'aider à dénouer les cordes d'herbe tressée. Finalement, tout allait peut-être s'arranger entre elles.

Ôtant l'emballage de feuille de chêne, elles découvrirent un magnifique petit coffre en noyer. Le couvercle grinça légèrement lorsque Twini l'ouvrit.

– Regardez, les filles ! Il est plein à ras bord de bonnes choses que ma grand-mère a préparées ! Du jus de pissenlit, des graines sucrées… Waouh, un gâteau au miel géant avec mon nom dessus ! C'est exactement ce qu'il nous fallait pour ce soir !

– Ce qu'il nous fallait pour ce soir ? Qu'est-ce que tu racontes ? s'étonna Pix en faisant les gros yeux pour la prévenir du danger.

Mariella ! Twini se sentit rougir. Aïe, aïe, aïe, elle avait fait une gaffe !

— Hum, je… je voulais dire que nous partagerions tout ça ce soir dans la branche commune, balbutia-t-elle. Il y en a assez pour tout le monde !

Elle jeta un regard en biais à Mariella, et fut soulagée de la voir en grande conversation avec Lola. Ouf ! Après tout, peut-être n'avait-elle rien entendu. Toute joyeuse, Twini se rassit et admira son coffre. Sa famille ne l'avait pas oubliée. Comment avait-elle seulement osé imaginer une chose pareille ?

— Oh, j'aimerais tellement avoir un stylo sous la main ! dit-elle. Je pourrais leur répondre tout de suite pour les remercier.

Fizz haussa un de ses sourcils violets.

— Eh bien, je voulais garder ça pour plus tard, mais…

Elle tendit la main vers son sac et en tira un cadeau maladroitement empaqueté dans un pétale rose chatoyant.

— C'est pour toi, ma jumelle ! Que l'année te soit douce et tout et tout !

Elle le fit glisser sur la table jusqu'à Twini. Celle-ci déchira l'emballage et resta bouche bée de surprise.

– Un stylo à bave d'escargot ! Oh, Fizz, merci beaucoup ! J'en ai vu un pendant les vacances, mais je n'avais plus assez d'argent de poche pour me l'offrir.

Elle ôta le bouchon et essaya le stylo sur sa main, toute contente de voir briller l'encre argentée.

– Mervélicieux !

Elle se pencha par-dessus la table et serra Fizz dans ses bras pour la remercier.

– C'est mon oncle qui me l'a donné, mais j'en avais déjà un, alors j'ai pensé à toi !

Lorsque Twini se rassit sur son champignon, son sourire s'évanouit. Bimi fixait le nouveau stylo d'un œil noir.

« Ah non, ça ne va pas recommencer ! » pensa Twini, exaspérée.

Fizz n'avait donc pas le droit d'être gentille avec elle ?

Leur repas terminé, les fées quittèrent petit à petit la Grande Branche en bavardant gaiement. Mariella et Lola se levèrent et s'en furent de leur côté, le nez en l'air, comme d'habitude.

– Super, elles sont parties ! s'exclama Pix.

Elle jeta un œil à l'estrade des professeurs et baissa la voix :

– Il faut qu'on revoie les derniers détails de notre plan. Nous n'avons toujours pas décidé de qui resterait à l'intérieur pour ouvrir la fenêtre.

Bimi s'éclaircit la voix.

– Je veux bien le faire.

Pix lui adressa un large sourire.

– Merci, Bimi, c'est absolument brillantastique de ta part. Bien, maintenant, qui est
volontaire pour la relayer, afin qu'elle puisse
aussi profiter de la fête ?

– Non, tu ne m'as pas bien comprise, reprit
Bimi d'une voix tendue. Je vais rester à l'intérieur toute la soirée. Ainsi personne ne
manquera la fête.

Twini la regarda, ébahie.

– Mais, tu ne veux pas venir du tout ?

Elle détourna la tête, les yeux dans le
vague.

– Non, je ne me sens pas très bien. Je suis
un peu fatiguée.

Fizz leva un sourcil, l'air sceptique. Puis
Zena intervint :

– Eh bien, d'accord, si tu es sûre, Bimi.

– Oui, oui, tout va bien, ne vous en faites
pas.

– Mais…

Twini allait protester de nouveau ; pourtant, elle se tut et serra les lèvres. Pourquoi

Bimi se comportait-elle ainsi ? N'était-elle pas censée être sa meilleure amie ? Elle n'était pas fatiguée du tout, elle était juste jalouse de Fizz. Elle aurait même sans doute préféré qu'on ne fête pas son anniversaire, simplement parce que c'était l'idée de Fizz et non la sienne.

Twini sentait l'exaspération la gagner. « Eh bien, tant pis pour elle », décida-t-elle. Bimi n'avait qu'à bouder dans son coin, elle s'en fichait complètement.

Ce soir-là, le plan fonctionna à la perfection. Un peu avant minuit, Fizz fit le tour du dortoir pour réveiller toutes celles qui s'étaient assoupies. Twini ouvrit les yeux dès qu'elle lui frôla l'épaule. Enfin, c'était l'heure ! Elle s'empressa de sortir de son lit, les ailes frémissantes d'excitation. De légers bruissements se faisaient entendre pendant que chacune s'habillait en essayant d'observer le silence le plus total. Quelqu'un trébucha et se cogna contre la porte.

– Chut ! murmura Fizz. Il ne faut pas réveiller Mariella et Lola !

C'est alors qu'un bruyant ronflement monta du lit de Mariella. Les fées mirent leur main devant la bouche pour ne pas exploser de rire.

– Il faudrait un tremblement de terre pour la réveiller ! souffla Sili.

– Venez, dit doucement Pix, allons-y !

Le cœur de Twini battait la chamade pendant qu'elles traversaient le dortoir sur la pointe des pieds. Une à une, elles s'envolèrent à l'intérieur du tronc d'arbre éclairé par la lune. Twini frissonna. L'école était vraiment différente la nuit. Le chêne paraissait si vaste, si mystérieux, hanté par des ombres aux formes étranges.

Elles voltigèrent rapidement jusqu'à la cachette au creux de l'arbre, afin de se répartir la nourriture et les boissons à transporter.

– Viens, Twini, c'est toi qui portes le gâteau, tu es la fée du jour ! lui dit Fizz en souriant.

Chargées de toutes ces bonnes choses, elles prirent le chemin de la fenêtre la plus proche de leur dortoir. Elle était tout juste assez large pour se glisser au-dehors en gardant les ailes bien plaquées. Twini resta en arrière pendant que Sili, Zena et Pix se faufilaient tant bien que mal à l'extérieur, riant d'être compressées comme des sardines.

– Bon, à ton tour maintenant !

Les yeux de Fizz pétillaient au clair de lune.

– À quelle heure pensez-vous être de retour ? demanda Bimi qui les avait suivies en chemise de nuit.

– Vers trois heures, répondit Fizz. On va en profiter un maximum !

– Non, à deux heures, corrigea Twini. Ça nous laisse assez de temps, Fizz. Il ne faudrait pas qu'on se fasse prendre.

Son amie battit des ailes en grommelant, mais elle se rendit à la raison.

Bimi croisa les bras sur sa nuisette brodée de toile d'araignée.

– Très bien, je vais programmer mon réveil-grillon. Je vous attends à deux heures.

Twini perçut une note de tristesse dans sa voix. Tout à coup, elle regretta de s'être emportée un peu plus tôt, et serra le bras de son amie.

– Merci, Bimi.

– De rien, répondit-elle doucement.

Elle avait l'air sincère, et Twini se sentit soulagée. Ce serait tellement bien si tout redevenait comme avant entre elles.

– Tu viens ? s'impatienta Fizz qui l'attendait devant la fenêtre. C'est lourd !

Twini adressa un petit signe à Bimi avant de plonger par la fenêtre en serrant bien les ailes. Elle se tortilla un peu puis se retrouva dehors, baignée par le clair de lune. Les autres l'attendaient, voltigeant à la belle étoile.

– Allez, dit Pix en souriant. En route pour le vallon Enchanté !

Cachée dans l'ombre, Mariella était tapie derrière la porte entrouverte du dortoir.

Elle tendait l'oreille, s'efforçant de distinguer les chuchotements de ses camarades.

Elle entendit Bimi dire :

– Très bien, je vais programmer mon réveil-grillon. Je vous attends à deux heures.

Mariella sourit d'un air satisfait. C'était tout ce qu'elle avait besoin de savoir !

Elle fila silencieusement jusqu'à son lit et remonta sa couverture en pétale jusqu'aux oreilles. Ses cheveux gris-vert s'étalèrent sur son oreiller et elle ferma les yeux pour simuler un profond sommeil.

Quelques instants plus tard, Bimi revint dans le dortoir et se glissa dans son propre lit. Un faible cri-cri retentit lorsqu'elle régla son réveil-grillon.

Mariella se tint immobile jusqu'à ce qu'elle entende de légers ronflements monter de son lit. C'était le moment d'agir ! Elle repoussa sa couverture et se faufila au chevet de Bimi. Son grillon clignait des yeux, accroupi sur la table de nuit. Sur un morceau de pétale juste devant lui était inscrit :

«Deux heures, et ne fais pas trop de bruit.»

Ah, mais c'était presque trop facile ! Mariella prit le message et le roula en boule avant de le fourrer dans la poche de sa robe de chambre. Elle sortit un autre pétale du tiroir de la table de nuit et nota, en imitant l'écriture ronde de Bimi :

«Sept heures»

– Elle a changé d'avis, souffla-t-elle au réveil-grillon en posant le pétale sous ses pattes. Elle ne veut pas être réveillée avant demain matin.

La créature parut soulagée. Elle enfouit sa tête sous une de ses pattes en bâillant.

Mariella rejoignit son lit, un sourire mauvais aux lèvres. Ah, Bimi allait avoir une bonne leçon. Ça lui apprendrait à lui faire honte devant toute la classe ! Les autres allaient être furieuses contre elle : elles penseraient qu'elle les avait laissées dehors exprès, et ne voudraient sans doute plus jamais lui adresser la parole.

Encore mieux, elles auraient plein d'ennuis. Mme Volauvent serait furieuse en apprenant qu'elles étaient parties faire un festin de minuit au vallon Enchanté. Mariella ricana intérieurement. Beau travail, vraiment ! Elle avait hâte de raconter ses exploits à Lola !

Un sourire flottant sur les lèvres, elle sombra dans le sommeil.

Chapitre
quatre

Les ailes des fées scintillaient au clair de lune tandis qu'elles survolaient les prés en fleur.

Une chaude brise d'été ébouriffait les cheveux de Twini. Au-dessus d'elle, les étoiles étincelaient comme des diamants.

– Oh, c'est mervélicieux ! souffla-t-elle en tenant d'une main ferme le gâteau contre sa poitrine.

– Tu n'as encore rien vu ! lui répondit Fizz.

Elles contournèrent une colline, longèrent un ruisseau puis, soudain, elles le virent : le vallon Enchanté !

– Ah ! s'exclamèrent en chœur toutes les fées.

C'était un endroit vraiment magique, avec une rivière chantante, une cascade argentée et des tapis de fleurs estivales. La lune baignait le vallon d'une douce lumière, créant des ombres mouvantes.

– Et ce n'est pas tout ! dit Fizz avec un sourire malicieux.

Elle posa les provisions sur l'herbe et voleta vers la rivière. Une feuille capricieuse flottait à sa surface et Fizz s'y posa avec légèreté. Aussitôt, le courant l'emporta. Dans sa barque légère bercée par le courant, la petite fée riait en essayant de garder son équilibre grâce à ses ailes.

– Oh, j'ai envie d'essayer ! s'écria Twini.

Après avoir posé son gâteau dans l'herbe, elle choisit une feuille à son tour. Plus difficile que prévu ! Twini se mit à crier lorsque son embarcation commença à tanguer sur le ruisseau et à zigzaguer dans les remous.

Bientôt, toutes les fées glissaient sur l'onde à bord de leur feuille. Zena hurla en passant par-dessus bord et émergea toute dégoulinante, ses cheveux jaunes collés dans le dos.

– Oh, là, là, qu'elle est froide ! dit-elle en grelottant.

– Regardez, des toboggans ! fit remarquer Pix.

Elle se posa délicatement sur la pointe d'un roseau, s'assit puis se laissa glisser le long de la tige comme une goutte de pluie, culbutant en un saut périlleux juste avant de plonger dans l'eau.

Lorsqu'elles furent fatiguées de jouer, les fées s'étendirent dans l'herbe et firent sécher leurs ailes sous les rayons de lune.

– C'est l'heure de manger, affirma Sili en se frottant les mains, je meurs de faim !

Les autres étaient tout aussi affamées. Twini distribua les victuailles qu'elles dévorèrent à pleines dents dans la joie et la bonne humeur.

– Twini, ta mamie fait le meilleur gâteau au miel du monde ! décréta Fizz en en reprenant une tranche. Il est absolument succulicieux.

Twini dégusta lentement une graine sucrée, savourant chaque bouchée. Cela avait un autre goût au clair de lune, plus doux et encore meilleur. Oh, c'était vraiment la plus féerique des fêtes !

Et ce n'était pas fini. Après les gâteaux, vint l'heure des cadeaux. Twini fut transportée de joie lorsqu'elle ouvrit ses paquets : Sili lui offrait une nouvelle bouteille de vernis à ailes pailleté, Pix une barrette d'herbes tissées, et Zena un beau cahier de pétales de rose aux pages ornées de nuages de pollen doré.

– J'ai demandé à ma mère de me l'envoyer, expliqua Zena. Elle les fabrique elle-même, je savais que ça te plairait.

– Oh, merci !

Bondissant sur ses pieds, Twini embrassa chaleureusement ses amies.

– C'est vraiment le plus bel anniversaire de ma vie ! Jamais je ne l'oublierai !

– Je pense que nous devrions y aller, annonça Pix en regardant la lune, il est presque deux heures du matin !

Sili approuva d'un battement d'ailes et réprima un bâillement.

– D'accord, mais il faudra recommencer, on s'est bien amusées.

Les fées regagnèrent l'école à tire-d'aile, fatiguées mais heureuses. Le chemin du retour leur parut beaucoup plus long qu'à l'aller, et Twini poussa un soupir de contentement lorsqu'elle aperçut la silhouette du grand chêne se découper dans le ciel. Bientôt, elle se blottirait dans son lit de mousse !

Elles se dirigèrent vers la fenêtre qui faisait face à la branche des Jonquilles. Twini colla son front contre la vitre pour tenter de voir à l'intérieur, mais ne repéra pas le moindre signe de vie dans l'obscurité.

– Elle n'est pas encore là, murmura-t-elle.

Les fées restèrent suspendues dans les airs, à faire du surplace tout en guettant Bimi. Mais les minutes passaient, et elle n'arrivait toujours pas. Elles finirent par aller reposer leurs ailes fatiguées sur une branche voisine.

– Mais où est-elle passée ? se demanda Pix en fixant la fenêtre d'un air préoccupé. Elle avait dit qu'elle serait là à deux heures ! Ça ne lui ressemble pas du tout.

Fizz haussa les épaules.

– Elle a peut-être changé d'avis.

– Non, jamais elle ne ferait ça ! rétorqua Twini.

Fizz fit la moue.

– Tu parles ! Elle boude depuis des jours à cause de cette fête !

Elle s'élança dans les airs.

– Bon, je vais de l'autre côté, essayer de voir à l'intérieur du dortoir.

– Excellente idée, dit Pix, je viens avec toi.

Twini les suivit du regard, préoccupée. Bimi n'aurait jamais changé d'avis comme

ça, sur un coup de tête, surtout pour une question aussi importante. Quelque chose avait dû se produire. Peut-être Mme Polochon était-elle entrée dans le dortoir et s'était-elle aperçue que toutes les fées avaient disparu. Les ailes de Twini tremblèrent à cette idée. Oh, plume ! Si c'était le cas, elles allaient en prendre pour leur grade !

Pix et Fizz revinrent peu après, la mine déconfite. Twini se mordit la lèvre anxieusement.

– Alors ? demanda Sili en se levant.

– Elle dort comme une souche, annonça Fizz. On a essayé de la réveiller en frappant au carreau, mais elle s'est juste retournée dans son lit.

Twini explosa alors :

– Voyons, cela n'a aucun sens ! Jamais Bimi ne nous aurait oubliées. Elle doit avoir mal réglé son réveil ou… je ne sais pas.

Le visage sombre comme un ciel d'orage, Fizz répliqua :

– Je suis sûre qu'elle n'a même pas mis

son réveil ! Elle me déteste, tu le sais bien, et elle n'était pas très contente que tu passes du temps avec moi, récemment. Alors, elle a trouvé l'occasion de se venger : elle nous laisse nous débrouiller toutes seules, dehors, dans le noir.

Twini avala péniblement sa salive. C'était impossible, Fizz se trompait… Pourtant, l'expression des autres fées autour d'elle lui laissait penser qu'elle avait peut-être raison.

– Non, je… je n'y crois pas, dit-elle en serrant les poings. Bimi va arriver, elle nous l'a promis. Elle a seulement mal réglé son réveil, c'est tout.

Fizz sourit, mais d'une manière un peu déplaisante.

– On parie ?

– Ça suffit, les coupa Pix, toute pâle dans la lueur de la lune. Il va falloir trouver un moyen d'entrer. Et si on essayait par la Grande Branche ? Il se peut que l'une des fenêtres soit restée ouverte.

Les fées firent le tour du chêne, longeant

le tronc jusqu'à la Grande Branche. Toutes les fenêtres étaient éteintes… et semblaient bel et bien closes.

— Venez, chuchota Pix. Je vais commencer par là, pendant que vous examinez l'autre côté. Même si les fenêtres ont l'air fermées, essayez tout de même ! Il se peut qu'elles ne soient pas bloquées.

Twini fila à l'autre bout de la branche. Dans la pénombre, les grandes feuilles de chêne luisaient autour d'elle pendant qu'elle tentait d'ouvrir la fenêtre la plus proche, poussant de toutes ses forces sur le cadre en bois. Oh, plume ! Elle ne bougeait pas d'un pouce !

Twini zigzaguait entre les feuilles, avançant le long de la branche, pour essayer les fenêtres les unes après les autres. Elles étaient toutes bien fermées à double tour ! Bimi n'avait tout de même pas pu leur faire ça ! Les laisser enfermées toute la nuit dehors !

Soudain la voix de Fizz monta dans la nuit :

— Par ici ! Il y en a une ouverte !

Le cœur battant, Twini la rejoignit à toute allure. Elle trouva Fizz près d'une fenêtre ouverte. Les autres arrivèrent bientôt de toutes les directions, visiblement très soulagées.

– Hip, hip, hip, hourra ! s'écria Sili en prenant garde de ne pas trop élever la voix. Nous sommes sauvées !

Pix s'apprêtait à dire quelque chose, mais elle s'interrompit. D'habitude, elle trouvait toujours Sili un peu trop théâtrale mais, cette fois-ci, elle n'exagérait pas !

Les fées se glissèrent une par une par la fenêtre, et se posèrent doucement sur le sol de la Grande Branche, comme de petites gouttes d'eau. Twini frissonna en regardant autour d'elle. Le réfectoire, déjà vaste et impressionnant lorsqu'il était éclairé, était maintenant peuplé d'ombres menaçantes. Nom d'une guêpe ! Elle avait tellement hâte de retrouver la branche des Jonquilles !

Enfin, toutes se retrouvèrent à l'intérieur. Pix se retourna pour fermer la fenêtre.

– Bien, allons-y ! chuchota-t-elle. Et surtout ne faites aucun bruit qui pourrait… Aahhh !

Une lanterne-luciole était soudain apparue, éclairant brutalement leurs visages. Horrifiées, elles découvrirent qui tenait cette lampe… Mme Volauvent en personne !

La responsable des premières années portait une chemise de nuit en velours de pissenlit et ses cheveux bleu ciel étaient lâchés sur ses épaules. Ses ailes blanches claquaient sèchement tandis qu'elle dévisageait les fées. Penaudes, celles-ci se firent toutes petites.

– L'une d'entre vous aurait-elle l'amabilité de m'expliquer pour quelle raison j'ai été réveillée en pleine nuit par des chuchotements devant ma fenêtre ? demanda Mme Volauvent.

Les ailes de Twini se figèrent.

– Je… nous… nous sommes restées coincées à l'extérieur, finit-elle par avouer.

– Je vois. Vous êtes donc sorties, après

l'extinction des lucioles, alors que vous auriez dû être dans vos lits. Et auriez-vous la bonté de me dire où vous vous trouviez ?

Le sarcasme qu'elle perçut dans la voix de Mme Volauvent mit Twini au supplice. C'était fini, elles allaient toutes être punies. Elle jeta un coup d'œil aux autres qui la fixaient, les yeux écarquillés. Personne ne pipait mot.

– Au… au vallon Enchanté, murmura Twini.

– Au vallon Enchanté, répéta Mme Volauvent. Oui, bien sûr, j'aurais dû m'en douter. Pour un festin de minuit, je suppose ?

Twini baissa la tête. Oh, mais comment avaient-elles pu être assez stupides pour quitter l'enceinte de l'école ? Pourtant, c'est vrai que, sur le moment, ça paraissait une bonne idée.

Fizz avança d'un pas et son expression se fit implorante.

– Mais, madame Volauvent, c'est l'anniversaire de Twini. Elle était tellement triste

de le fêter loin de sa famille que nous vou-
lions lui remonter le moral.

Il y eut une longue pause. Twini retint sa
respiration.

– Allez au lit immédiatement ! ordonna le
professeur d'un ton cassant. Je m'occuperai
de vous demain matin.

– Regarde, souffla Fizz lorsqu'elles ren-
trèrent dans leur branche. Qu'est-ce que je
t'avais dit, elle ronfle comme un sonneur.

Le cœur de Twini se serra. Fizz avait
raison. Il était clair que Bimi dormait
comme un loir : sa silhouette sombre se
soulevait régulièrement au rythme de sa
respiration.

Fizz voltigea jusqu'à son chevet. Elle
s'empara du pétale sous les pattes du réveil-
grillon et le brandit pour le déchiffrer au
clair de lune.

– Voyez-vous ça, fit-elle d'une voix tremblante.

Twini fixa le pétale d'un air consterné.

Réveil-grillon

« Sept heures » lut-elle, reconnaissant l'écriture de Bimi.

– Oh, plume ! marmonna Pix, on dirait qu'elle a vraiment fait exprès de nous laisser dehors.

Sili et Zena, prostrées, se taisaient. Twini se mordit la lèvre. Elle avait envie de pleurer. C'était clair : le pétale parlait de lui-même.

Bimi remua et se frotta les yeux, tout ensommeillée.

– Vous êtes déjà revenues ? murmura-t-elle.

– Déjà ? explosa Fizz. Il est trois heures du matin passées et, grâce à toi, nous allons toutes avoir des ennuis.

– Comment ? Mais, j'ai… j'ai pourtant bien mis mon réveil-grillon !

– Ah ça oui, on a vu !

Fizz lui fourra le pétale sous le nez.

– Merci beaucoup !

Bimi alluma sa lampe-luciole et le fixa d'un air interdit.

– Je ne comprends pas ! s'écria-t-elle. Je n'ai jamais écrit ça, je l'avais réglé pour deux heures, je vous jure.

Elle les regarda, toute troublée.

– Mais alors, comment avez-vous fait pour rentrer ?

– Puisque tu n'étais pas là, nous avons dû nous faufiler dans la Grande Branche et là, nous nous sommes fait cueillir par Mme Volauvent, expliqua Pix d'une voix lasse. Bon, on ferait mieux de se coucher. Ce serait bête qu'elle repasse par ici et que ça aggrave encore les choses.

– Qu'est-ce que c'est que tout ce bruit ? demanda une voix grincheuse. Il y en a qui veulent dormir.

À l'autre bout de la branche, Mariella s'étira.

– Oh, sois tranquille, répondit sèchement Fizz en se tournant vers elle. Cela n'a rien à voir avec toi.

Lola s'était également réveillée et s'était assise dans son lit

– Que se passe-t-il ?

– Je ne sais pas, Bimi a un problème avec son réveil, dit Mariella en bâillant. Tu l'as pourtant bien réglé, je t'ai entendue dire sept heures, comme toujours. Bon, on peut dormir maintenant ?

– Tiens, tu vois ! s'écria Fizz. Honnêtement, Bimi, jamais je n'aurais pensé que tu puisses faire une chose pareille, même si tu ne m'aimes pas.

Bimi, au bord des larmes, tenta de se défendre :

– Mais je n'ai rien fait ! Ce n'est pas

comme ça que les choses se sont passées ! Twini, tu me crois, toi, au moins ?

Celle-ci hésita. Elle ne savait que penser. C'était bien l'écriture de Bimi sur le pétale, et elle savait que son amie était extrêmement jalouse.

– Je… je ne sais pas, dit-elle tristement.

Surprise, Bimi la dévisagea de ses grands yeux blessés.

– Bon, eh bien, vous avez raison, j'ai fait exprès, et vous l'avez toutes mérité.

Elle se laissa tomber sur le côté et leur tourna le dos en remontant sa couverture sur ses oreilles pointues.

– Oooohhh, elle a avoué, tu vois ! souffla Fizz.

– LES FILLES ! rugit une voix.

Mme Volauvent se tenait dans l'embrasure de la porte, hors d'elle.

– Oh, non, je le savais ! gémit Pix.

– QUEL MOT N'AVEZ-VOUS PAS COMPRIS DANS LA PHRASE « ALLEZ AU LIT IMMÉDIATEMENT » ?

Les fées se précipitèrent vers leurs lits respectifs et se glissèrent sous les couvertures sans broncher. Le professeur les surveillait d'un œil noir.

— Je ne veux plus entendre le moindre son sortir de ce dortoir. Et pour celles d'entre vous qui m'ont réveillée en pleine nuit, rendez-vous dans mon bureau demain matin à onze heures. Maintenant, extinction des lucioles !

La branche fut plongée dans l'obscurité. Un silence froid et crispé se fit dans le dortoir, mais disparut bientôt pour laisser place à de doux ronflements.

Même si elle était épuisée, Twini resta longtemps éveillée en tenant sa couverture en pétale de jonquille bien serrée sous son menton. Elle essuya d'une main tremblante les larmes qui perlaient à ses yeux.

« Comment, mais comment Bimi a-t-elle pu nous faire ça ? » pensait-elle, complètement abattue.

Chapitre cinq

— Envolés nos trois prochains après-midi libres, gémit Fizz. Et en plus, on va devoir nettoyer toutes les vitres de l'école ! Ça va nous prendre des années !

Zena imita la responsable des premières années en faisant la grimace :

— « Ça vous apprendra, puisque vous vous intéressez tant aux fenêtres. »

Elles venaient juste de quitter le bureau de Mme Volauvent et traînaient des ailes pour se rendre à leur cours de danse féerique, complètement démoralisées.

Twini ne disait rien, mais elle trouvait que

Mme Volauvent s'était montrée plutôt clémente envers elles. Sortir de l'école en pleine nuit, c'était tout de même extrêmement grave, même si elles n'étaient pas allées loin.

Fizz lui donna un petit coup d'aile dans les côtes.

– Quoi qu'il en soit, ça valait la peine, non ?

Celle-ci acquiesça, les yeux brillants.

– C'était étinsorcelant ! dit-elle. Et ça aurait été parfait si…

Elle s'interrompit. Elle aurait simplement préféré que Bimi ne leur joue pas ce vilain tour.

Les petites fées se posèrent au centre du cercle de champignons où avaient lieu les cours de danse féerique. Les autres Jonquilles étaient déjà là et les attendaient au soleil. Bimi, les lèvres pincées, détourna les yeux en les voyant arriver.

– Qu'est-ce qui se passe ? C'est une nouvelle mode ? Vous êtes toutes en retard ! s'écria Mme Piedléger.

Ses cheveux, d'un violet éclatant, étaient

coiffés en chignon et, ici et là, de fines mèches bouclées s'en échappaient.

– Veuillez nous excuser, madame, dit Pix. Nous devions passer voir Mme Volauvent.

– Ah !

Le professeur agita les bras et ses longues manches en dentelle de toile d'araignée ondoyèrent.

– Vous avez dû désobéir, je présume. Les fées désobéissantes rendent notre vie déplaisante ! scanda-t-elle en faisant des rimes. Bon, venez maintenant, faites une ronde.

Les fées voltigèrent rapidement pour former un cercle. Sili s'approcha de Bimi, mais elle repartit immédiatement pour se mettre plutôt à côté de Twini.

Bimi baissa la tête en rougissant.

– Mais enfin ! s'étonna le professeur. Pourquoi as-tu changé de place ?

Sili haussa les épaules, sans regarder Bimi.

– Je préfère me mettre là.

— Je vais à côté d'elle, annonça soudainement Fizz, une lueur mauvaise dans les yeux.

— C'est bien, Fizz. Tu es une bonne fée, sur qui l'on peut compter ! la félicita Mme Piedléger.

Fizz prit la main droite de Bimi mais aucune autre élève ne voulait se mettre à sa gauche. Finalement, Lola fut bien obligée de s'approcher pour fermer la ronde. Elle lui donna la main à contrecœur.

Bimi se tenait toute raide, luttant contre les larmes. Twini, qui la regardait depuis l'autre bout du cercle, eut un pincement au cœur.

« Mais c'est de sa faute ! pensa-t-elle rageusement. Elle n'avait qu'à pas nous laisser dehors exprès. Elle aurait dû se douter que tout le monde lui en voudrait. »

Le professeur se plaça au centre du cercle et frappa dans ses mains.

— Nous allons répéter la dernière danse que je vous ai apprise, celle qui permet de faire souffler la brise ! Prêtes ? Un, deux, trois, dansez !

Mais est-ce que Bimi les avait vraiment laissées dehors intentionnellement ? Alors qu'elles esquissaient les pas, Twini sentit le doute s'insinuer en elle. Son amie avait-elle réellement pu faire ça ? Et si elle n'y était pour rien, qu'avait-il donc bien pu se passer ?

Petit à petit, au fil de la ronde, Twini chassa ces questions de son esprit. La magie opérait autour d'elles : de minuscules paillettes dorées scintillaient dans les rayons du soleil. Elle sentit la brise souffler dans ses longs cheveux roses.

— Aaahh ! hurla Fizz en sautillant à cloche-pied.

La magie s'évanouit dans un concert de petits *plop !*, comme des bulles qui éclatent.

— Qu'est-ce qui se passe encore ? demanda le professeur, les mains sur les hanches.

— Bimi m'a écrasé le gros orteil !

Fizz essaya de marcher mais elle grimaça en papillonnant des ailes.

— Oh, j'ai vraiment mal !

– Mais… je n'ai rien fait ! se défendit Bimi.

Mme Piedléger soupira en tapotant son chignon.

– Bimi, tâche de faire attention. Les filles, remettez-vous en cercle. On reprend depuis le début.

Mais l'incident se reproduisit, encore et encore. Dès que la magie commençait à opérer, Fizz se mettait à glapir que Bimi lui avait marché sur le pied, l'avait bousculée, ou l'avait fait trébucher.

– Oh, là, là ! finit par crier le professeur en levant les bras, exaspérée. Petites fées vilaines, vous me donnez la migraine ! Bimi, tu perturbes mon cours, mieux vaut que tu sortes de la ronde, s'il te plaît.

Bimi prit son envol sans un mot, le visage rouge de honte. Twini la regarda s'éloigner et sentit sa gorge se nouer tandis que les autres ricanaient.

« Je ne peux pas y croire, décida-t-elle soudain. Ce n'est pas possible. Bimi ne ferait jamais une chose pareille, même si elle était très en colère. »

Une vague de soulagement l'envahit. Elle avait raison, elle en était sûre.

Pourtant ce n'était pas la bonne heure qui était inscrite sur le pétale de Bimi. Fronçant les sourcils, Twini passa en revue les fées du cercle pendant qu'elles reprenaient la danse. Mariella s'inclinait et tournoyait, un sourire radieux aux lèvres, l'air encore plus satisfaite d'elle-même que d'habitude. Un frisson parcourut les ailes de Twini. Mariella ! Mais bien sûr !

– Ne fais donc pas ta tête de guêpe, protesta Fizz. Tout est la faute de Bimi, il n'y a aucun doute là-dessus. Souviens-toi, elle l'a pratiquement avoué. Et tiens le seau droit, s'il te plaît.

Tout en haut du grand chêne, les petites fées astiquaient les carreaux. Twini avait mal aux bras à force de porter la coquille de noix pleine d'eau savonneuse. Loin au-dessous d'elles, le champ de vol et la mare paraissaient minuscules.

– Reconnais que ce serait tout à fait le genre de Mariella, insista Twini. Elle en serait bien capable.

Fizz jeta la boule de coton qui lui servait d'éponge dans le seau. Un rouge-gorge vint se poser sur une branche près d'elles, et les regarda d'un œil plein d'intérêt.

– Oh toi, va-t'en ! lui lança Fizz en faisant mine de le chasser. Franchement, Twini, qu'est-ce qui te prend ? Tu devrais être la première à lui en vouloir ! Bimi était censée être ta meilleure amie.

Twini secoua obstinément la tête, tandis qu'elles volaient jusqu'à la fenêtre suivante.

– Je sais, mais je reste persuadée que ça ne vient pas d'elle.

– Dans ce cas, il va te falloir des preuves pour convaincre les autres, répliqua Fizz.

Elle lava le carreau et tira la langue à son reflet.

– Parce qu'elles ne vont pas plus te croire que moi.

Fizz avait raison, réalisa Twini de plus en plus désespérée. Elle avait besoin d'une preuve. Mais comment faire ? Mariella n'avouerait jamais.

Lola ! Twini serra l'anse du seau avec détermination. C'était ça ! Si elle avait une petite discussion avec elle en l'absence de Mariella, elle pourrait la faire parler.

Cependant, avant toute chose, elle devait présenter ses excuses à Bimi. Quand la dernière fenêtre de la journée fut nettoyée, Twini fila voir son amie.

Mais elle ne la trouva nulle part : ni dans la branche commune des premières années, ni dans le dortoir des Jonquilles, ni où que ce soit dehors. Enfin, Twini dénicha la fée aux cheveux bleus seule dans la bibliothèque, planant tout en haut des étagères. Elle prit une grande inspiration avant de la rejoindre.

Bimi lui jeta un bref regard puis détourna les yeux. Elle sortit du rayon l'*Histoire de*

Bibliothèque

la poussière magique à travers les siècles pour le feuilleter en demandant d'une voix tremblante :

– Qu'est-ce que tu me veux ?

– Oh, je suis vraiment désolée, Bimi, s'excusa Twini. Je sais que tu n'as pas voulu nous enfermer dehors. Je suis une vraie tête de guêpe !

Bimi fixait son livre de pétales, au bord des larmes. Twini lui prit le bras.

– Bimi, tu m'entends ? Je sais que jamais tu ne ferais une chose pareille. Je ne comprends même pas comment j'ai pu imaginer une seule seconde que tu en sois capable…

– Moi, je sais ! s'écria Bimi en remettant le livre à sa place. J'ai été odieuse avec toi, et moi aussi, je suis vraiment désolée, Twini. J'étais tellement jalouse de Fizz ! Elle s'est approprié ta fête alors que je…

Bimi se tut, et son visage s'empourpra.

– Elle s'est approprié ma fête ? répéta Twini, perplexe. Que veux-tu dire ? C'était bien son idée, non ?

Bimi secoua la tête.

— Non, c'était la mienne. Je n'ai pas voulu insister, j'avais l'impression que ça ferait mesquin. Mais c'est moi qui ai décidé de t'organiser un anniversaire surprise, au départ. Ensuite, Fizz a proposé d'aller au vallon Enchanté, et elle a trouvé la cachette pour la nourriture et tout ça… Seulement, après, tout le monde m'a complètement oubliée.

— Oh, Bimi, mais c'est… c'est horrible ! bafouilla Twini, qui ne savait plus quoi dire.

Bimi fit la grimace.

— Je sais que c'était idiot de ma part de me bloquer là-dessus. Mais Fizz t'a offert son cadeau, et… bon, tiens.

Elle tira un petit paquet du sac en bouton de rose qu'elle portait en bandoulière et le tendit à Twini.

— Oh !

Le cadeau était joliment enveloppé dans un pétale jaune, dont le nœud foisonnait

de minuscules petites fleurs dorées. Elle le déballa avec précaution.

– Un stylo à bave d'escargot ! s'exclama-t-elle.

– Je sais que tu en as déjà un, dit Bimi d'un ton amer.

Twini secoua la tête.

– Mais pas aussi joli que celui-là.

– Ce sont exactement les mêmes.

– Non, pas du tout, affirma Twini. Celui-ci, c'est ma meilleure amie qui me l'a offert ! C'est le plus beau cadeau que j'aie jamais reçu.

– Vraiment ? fit Bimi d'une petite voix, avec des grands yeux pleins d'espoir.

Twini hocha la tête avec véhémence.

– Il est vraiment super, Bimi. Je m'en servirai tout le temps, je t'assure.

D'un air distrait, Bimi effleura du bout du doigt le dos d'un livre.

– Quand… quand Fizz t'a offert le sien, je n'arrivais pas à y croire, finit-elle par reconnaître. J'avais l'impression qu'elle avait tout gâché. Et j'ai décidé que je ne voulais même pas participer à la fête. Je suis absolument désolée, Twini.

– Ce n'est pas grave. J'aurais sans doute réagi de la même façon, à ta place. Tu sais, Bimi, il ne faut pas que tu sois jalouse de Fizz. Je l'aime bien, mais ce n'est pas du tout la même chose qu'avec toi. C'est toi, ma meilleure amie.

Bimi sourit en essuyant ses larmes.

– Toi aussi, tu es ma meilleure amie, répondit-elle. Je vais faire de mon mieux pour contrôler ma jalousie.

Les deux fées s'étreignirent, leurs ailes miroitantes papillonnant dans les airs.

– Bien, maintenant, il ne nous reste plus qu'à convaincre les autres que tu n'es pas responsable de nos ennuis, dit Twini.

– Elles croient toujours que c'est moi ?

Twini acquiesça tristement.

– D'après Fizz, il leur faut des preuves. Tu sais, Bimi, je pense que la coupable pourrait être…

– Mariella ! compléta-t-elle, ses yeux bleus étincelant de colère.

Son amie lui agrippa le bras.

– Pourquoi ? Tu l'as vue ?

– Non, mais c'est forcément elle. J'y ai déjà réfléchi. Elle a dû modifier l'heure inscrite sur le pétale en imitant mon écriture. Elle voulait se venger de moi et c'était l'occasion idéale !

Twini secoua la tête.

— Je suis d'accord. Mais on doit le prouver pour que les autres nous croient.

Elle exposa rapidement à Bimi son projet de parler à Lola quand elle serait seule.

— Il faut qu'on fasse semblant d'être toujours fâchées, ajouta-t-elle. Sinon, Lola se doutera de quelque chose et elle ne voudra rien me dire.

— Bonne idée, approuva Bimi.

Les volutes or et argent de ses ailes scintillèrent tandis qu'elle voletait pensivement.

— Mais… Twini, comment vas-tu faire pour parler à Lola sans Mariella ? Elles sont toujours collées l'une à l'autre.

Twini serra les dents.

— Je vais essayer, dit-elle. Si Lola est seule ne serait-ce qu'une seconde, je lui saute dessus.

Chapitre
six

Cependant, cela se révéla plus facile à dire qu'à faire. Après avoir tenté durant plusieurs jours de se retrouver en tête à tête avec Lola, Twini était prête à abandonner, découragée. Bimi avait raison : Lola suivait Mariella comme son ombre. Les deux fées faisaient tout ensemble : aller en cours, se rendre à la bibliothèque, papillonner durant la pause…

Enfin, un après-midi, pendant le cours de Mlle Pétale, la chance tourna pour Twini. Le professeur vérifiait un devoir de Mariella en fronçant les sourcils.

– Ce bouton-d'or n'a pas l'air en forme du tout. As-tu pensé à venir le soigner hier soir, Mariella ? Tu passeras me voir tout à l'heure, s'il te plaît.

Twini échangea avec Bimi un regard entendu. C'était le moment ou jamais !

Tout à coup, la pie qui annonçait la fin des cours jacassa dans toute l'école. Mariella, la mine boudeuse, voleta jusqu'au bureau de Mlle Pétale.

Les autres fées de la branche des Jonquilles prirent le chemin du cours de soins aux créatures de la nature. Twini fit vrombir ses ailes pour tenter de rattraper Lola. La petite fée pâle sursauta lorsqu'elle arriva près d'elle.

– Salut, Lola !

– Mm… salut, fit-elle d'un air méfiant.

– Ce cours était super, non ? enchaîna rapidement Twini. J'adore Mlle Pétale, elle est vraiment brillantastique !

Lola, toujours sur ses gardes, haussa les épaules.

– Oui, elle est sympa.

Twini jeta un coup d'œil en arrière : pas de Mariella en vue, parfait ! Elle baissa alors la voix :

– Écoute, Lola, tu te souviens quand… quand nous avons fait un festin de minuit ?

Lola renifla.

– Tu veux dire la fête à laquelle ni moi ni Mariella n'avons été invitées !

« Oh, plume ! » pensa Twini. Cela ne se déroulait pas du tout comme prévu. Elle prit une profonde inspiration.

– Oui… Je voulais te demander quelque chose.

Une expression coupable se peignit sur le visage de Lola. Elle voletait sur place, les bras croisés.

– Quoi ? fit-elle d'un ton mal assuré.

Twini s'approcha d'elle.

– Eh bien, tu sais, le réveil-grillon de Bimi…

– Il y a un problème ? la coupa une voix sèche.

Mariella ! La fée au nez pointu les rejoignait à toute allure. Elle les dévisagea suspicieusement tour à tour. Lola baissa les yeux, mal à l'aise.

– Non, non, rien, marmonna Twini. Je suis juste… très contente que nous ayons découvert le vrai visage de Bimi, c'est tout.

– Oui, quelle peste, n'est-ce pas ?

Mariella rejeta fièrement ses cheveux gris-vert en arrière.

– Mais je le savais déjà depuis longtemps, ajouta-t-elle.

Oh ! Twini serra les poings en regardant les deux amies s'éloigner bras dessus, bras dessous. Elle venait de laisser filer son unique chance de laver la réputation de Bimi !

Elle s'écarta pour laisser passer un flot de sixièmes années, qui ressemblaient à de vraies demoiselles dans leurs robes-fleurs ajustées. « Je sais que tout est la faute de Mariella, pensa-t-elle. Il faut coûte que coûte que j'arrive à lui faire avouer. Mais comment ? Elle ne le dira jamais à personne, à part peut-être à Lola. Lola… Ça y est ! Peut-être que j'y suis ! »

Le cœur de Twini s'emballa. Elle fonça en cours tout en essayant d'échafauder son nouveau plan. Oui, ça pouvait marcher !

– Qu'est-ce qu'il y a, jumelle ?

Fizz surgit à côté d'elle et exécuta une pirouette gracieuse.

– Tu m'as l'air bien préoccupée !

Elles étaient arrivées à la branche des soins aux créatures de la nature.

– Fizz, il faut que je te parle ! lui glissa Twini.

– Pas de problème, répondit-elle d'un ton léger, tu peux me demander tout ce que tu veux.

– Je sais que tu ne me crois pas au sujet de Bimi, poursuivit Twini à voix basse. Mais j'ai une idée pour te le prouver. Tu veux bien m'aider ?

Fizz se fit instantanément sérieuse… du moins, aussi sérieuse qu'elle pouvait l'être. Elle acquiesça.

– Oui, bien entendu. Mais je suis sûre que tu ne pourras pas prouver son innocence, vraiment certaine.

Twini lui exposa en vitesse les grandes lignes de son plan. Juste au moment où elle terminait, M. Doucepoigne apparut dans l'embrasure de la porte, battant nerveusement de ses ailes vert sombre.

– Dépêchez-vous, les filles, le cours va commencer !

Fizz lança à Twini un clin d'œil complice.

– OK, je m'en charge, lui promit-elle.

Les deux fées entrèrent dans la branche et s'assirent sur leurs champignons.

Un cloporte à la mine triste gisait sur la première table, les antennes tombantes.

– Bon alors, fit M. Doucepoigne en toussotant, hum… aujourd'hui, nous allons apprendre… hum, comment redonner le moral aux cloportes.

Il parlait à moitié dans sa barbe tout en évitant de regarder ses élèves. Twini soupira. Elle qui était tellement impatiente de suivre ce cours, quelle déception ! Le professeur semblait terrifié par son auditoire.

Cependant, cela lui laissait le temps de mettre son plan à exécution. Elle détacha délicatement un pétale du petit carnet que lui avait offert Zena et écrivit :

Nous savons ce que tu as fait à Bimi.

Elle plia le mot en un minuscule petit carré et attendit que M. Doucepoigne ait le dos tourné pour le passer à Fizz, qui était assise à côté de Mariella.

La fée au nez pointu était affalée sur sa table, le menton dans la paume de sa main, et ses ailes vertes pendaient dans son dos, toutes ramollies d'ennui.

Rapide comme un papillon, Fizz fourra le pétale dans le sac en feuille de trèfle de Mariella. Celle-ci bâilla sans rien remarquer. Une seconde plus tard, l'air captivée, Fizz écoutait M. Doucepoigne expliquer comment ragaillardir les cloportes en leur chatouillant le ventre.

– Voyez-vous… vous le… hum… le retournez sur le dos pour le chatouiller un bon coup, comme ceci…

Le cloporte parut contrarié d'être manipulé ainsi.

Les élèves se mordaient les lèvres pour ne pas glousser. L'insecte semblait au bord des larmes.

– Il n'est peut-être pas chatouilleux, monsieur ! suggéra Pix.

La classe partit d'un grand rire. Même M. Doucepoigne ne put réprimer un sourire.

– Eh bien… effectivement, cela ne fonctionne pas toujours, admit-il, penaud. Parfois, il est nécessaire de… euh… de chanter.

Au grand plaisir de la classe, il commença à fredonner assez fort. Le cloporte instantanément revigoré fit onduler ses antennes en rythme. Twini s'en aperçut à peine.

Quand Mariella allait-elle trouver son

message ? Elle la surveillait du coin de l'œil, les ailes toutes moites.

Pour finir, M. Doucepoigne leur demanda de prendre des notes, et toutes les fées sortirent docilement leurs stylos et leurs cahiers de leurs sacs. Alors que Mariella prenait ses affaires, le pétale plié tomba sur le tapis de mousse. Elle le fixa d'un air ébahi avant de le ramasser.

Le cœur battant, Twini la regarda déplier le message. Mariella devint tour à tour livide puis cramoisie. Les ailes tremblantes, elle scruta la classe de ses yeux perçants. Twini baissa la tête, l'air absorbé par ses notes.

« Oh, faites que ça marche ! » pensa-t-elle en se cramponnant à son stylo. Elle était sûre qu'à la fin du cours, Mariella, paniquée, se précipiterait dehors avec Lola pour tout lui raconter. Il ne lui resterait plus qu'à les suivre pour écouter leur conversation.

À l'instant même où la pie jacassa pour annoncer la récréation, Mariella bondit de son champignon. Comme prévu, elle saisit le bras de Lola et l'entraîna pour lui parler.

– Dépêche-toi, Fizz, siffla Twini. Il faut vite les suivre.

Les deux fées ramassèrent leurs affaires et se ruèrent hors de la branche.

– Par où sont-elles parties ? s'écria Twini en regardant partout autour d'elle.

Si elles les perdaient maintenant, une si belle occasion ne se représenterait sans doute plus jamais.

Vives comme l'éclair des libellules, les deux fées s'élancèrent en un plongeon abrupt sur la trace de Mariella et de Lola. Fizz riait.

– Même si l'on n'obtient pas ce qu'on cherchait, on se sera brillantastiquement bien amusées, cria-t-elle.

Twini ne répondit pas. Elle ne trouvait pas cela spécialement amusant. Il fallait qu'elle prouve l'innocence de Bimi, sinon les autres ne voudraient jamais plus lui adresser la parole.

Plus loin, elle vit Mariella et Lola descendre en piqué vers la bibliothèque. Alors qu'elles approchaient de la porte, Twini saisit le bras de Fizz pour la ralentir.

— Si l'on ne veut pas qu'elles nous remarquent, il faut qu'on ait l'air décontracté, affirma-t-elle.

Mme Étamine, la bibliothécaire, leur adressa un sourire chaleureux lorsqu'elles pénétrèrent dans la grande salle.

— Vous cherchez un livre en particulier, les filles ?

– Euh… non… on voulait juste regarder !
balbutia Twini.

Elles s'éloignèrent avant que la bibliothécaire ne leur pose d'autres questions. Twini
jeta un regard circulaire autour d'elle, plis-
sant le front.

– Elles sont en haut ! chuchota Fizz en les
montrant du doigt. Regarde, derrière cette
étagère. Viens !

Les deux fées décollèrent, slalomant entre
les rangées de livres à mesure qu'elles
gagnaient de la hauteur. Traversées par la
lumière du soleil, les fenêtres étroites et
hautes de la bibliothèque étaient éblouis-
santes de propreté.

– Je suis bien contente que Sili et Zena se
soient chargées de ces vitres, fit remarquer
Fizz. Elles sont immenses !

– Écoute ! souffla Twini en lui prenant le
bras.

Mariella et Lola se trouvaient juste de
l'autre côté de l'étagère.

Les deux fées tendirent leurs oreilles poin-

tues. La voix de Mariella résonnait claire-
ment, menaçante et haut perchée :

– Si tu ne l'as dit à personne, comment
ont-elles pu le deviner ? Allez, avoue, Lola.
Je t'ai vue parler à Twini l'autre jour. C'est
toi qui le lui as dit, pas vrai ?

– Non, ce n'est pas moi, protesta-t-elle.
Jamais je ne te dénoncerais. Aïe, arrête de
me pincer !

– Bon, peut-être que c'était du bluff,
alors, finit par dire Mariella. Quelqu'un doit
chercher à me faire peur pour que j'avoue.
Ah, quelle bande de fées mouillées ! Au
moins, je suis contente que tu sois plus
maligne.

Lola, maligne ? Twini et Fizz échangèrent
une grimace.

– Tu penses qu'elles ne savent rien alors ?
demanda Lola.

Les doigts de Twini se crispèrent sur
l'étagère lorsque Mariella se mit à ricaner.

– Non. De toute façon, la seule preuve est
le pétale que j'ai pris sur la table de chevet

de Bimi, et il est bien en sécurité dans la poche de ma robe de chambre.

— Mais… tu ne penses pas que tu devrais le jeter ? demanda Lola de sa voix geignarde.

— Il est très bien là où il est. Qui irait chercher dans ma robe de chambre, franchement ? Viens, on s'en va, la récréation est presque terminée et je voudrais acheter des graines sucrées au comptoir à provisions.

Il y eut un léger bruissement d'ailes lorsqu'elles prirent leur envol. Twini et Fizz se plaquèrent contre les étagères, pour ne pas se faire voir.

Le visage de Fizz était déformé par la colère.

— Ah, quel monstre ! explosa-t-elle une fois qu'elles furent sorties. Tu avais raison, Twini, c'est bien elle ! Oh, attends un peu que mes ailes lui tombent dessus.

Son amie lui prit la main.

— Alors, tu me soutiendras devant les autres ?

– Évidemment ! s'écria Fizz, en battant fougueusement de ses ailes roses. Pauvre Bimi, on a été injustes envers elle, surtout moi. Il faut qu'on se rattrape en faisant quelque chose de vraiment gentil pour elle.

Fizz s'arrêta brusquement. Un sourire espiègle illumina son visage.

– Oh, je sais !

– Quoi ? demanda Twini.

Fizz sourit.

– Eh bien, je viens juste d'avoir la plus étinsorcelante des idées, c'est tout ! Viens, on va aller voir les autres avant la fin de la récré. Je sais exactement de quelle manière nous pouvons nous venger de Mariella !

Chapitre
sept

Twini était persuadée qu'elle serait trop
excitée pour s'endormir ce soir-là, mais elle
finit tout de même par s'assoupir. Tout à
coup, elle sentit Fizz lui secouer l'épaule.

– Hé, jumelle, réveille-toi ! souffla-t-elle
avec suffisamment de voix. C'est l'heure !

Dans la lueur argentée de la lune, les fées
de la branche des Jonquilles étaient en train
d'enfiler leurs robes de chambre en chuchotant. Tout se passait exactement comme la
nuit de la fête de Twini… sauf que, cette
fois-ci, les chuchotis étaient beaucoup plus
bruyants.

— Un autre festin de minuit ! s'exclama Sili. On va bien s'amuser !

— Oui, c'est le moins qu'on puisse faire pour que Bimi nous pardonne, affirma Pix dans un murmure sonore.

— J'ai hâte d'y être, avoua Bimi.

Twini voyait ses yeux briller dans la pénombre. Une vague de reconnaissance envers Fizz la submergea. Fidèle à sa parole, cette dernière avait raconté aux autres ce qui s'était réellement passé. Comme elle, toutes les fées avaient été ébahies et furieuses en apprenant la vérité. Et elles s'étaient empressées de présenter leurs excuses à Bimi, qui les avait acceptées avec plaisir.

Un léger ronflement se fit entendre depuis l'autre bout du dortoir. « Oh, plume ! » pensa Twini en se mordant la lèvre. Mariella dormait-elle vraiment ?... ou bien faisait-elle semblant ? Il n'y avait aucun moyen de le savoir.

— Venez toutes, susurra Fizz assez fort.

Elle alluma une minuscule lampe-luciole.

– On y va, mais en silence ! Il ne faudrait pas que l'affreuse Mariella aille tout rapporter à Mme Volauvent.

Les fées s'envolèrent à l'intérieur du tronc. Elles s'attroupèrent devant la branche commune des premières années.

– Zena, attends dehors et surveille la branche des Jonquilles, souffla Fizz. Cache-toi sur le côté, au cas où Lola et Mariella viendraient voir ce qu'on fabrique. Nous, on va retourner à l'intérieur de la branche et faire comme si on s'amusait.

– Mais on s'amuse ! rétorqua Pix avec un grand sourire.

Les fées quittèrent Zena pour pénétrer dans la branche commune.

– Oh, c'est si différent ici, la nuit, remarqua doucement Twini.

La lueur de la petite lanterne donnait au visage de ses amies un éclat fantomatique et faisait scintiller leurs ailes dans la pénombre.

– Twini, tu peux nous passer les graines sucrées ? articula Pix avec exagération.

– Bien sûr !

Twini lui passa un plat imaginaire en répliquant :

– Tiens, prends aussi un gobelet de rosée.

– Mmm, ces gâteaux au pollen sont délicieux, déclara Bimi.

Elles commentaient à haute voix les mets succulents et invisibles qu'elles faisaient mine de déguster. Fizz et Sili mastiquaient dans le vide et buvaient du vent ! Twini avait du mal à se retenir de rire. Si quelqu'un les avait vues, il aurait pensé que les petites Jonquilles étaient devenues complètement folles.

Tout à coup, Zena passa la tête par l'entrebâillement de la porte.

– Vite ! siffla-t-elle. Elles nous ont espionnées de loin puis elles ont filé à tire-d'aile vers la branche de Mme Volauvent.

Rapides comme l'éclair, les fées se ruèrent hors de la branche commune et s'élancèrent

dans les airs. En moins d'une minute, elles se retrouvèrent toutes dans leur dortoir, débarrassées de leurs robes de chambre, et bien au chaud dans leurs petits lits de mousse.

– Et souvenez-vous : on dort profondément ! murmura Fizz.

La branche devint toute calme, seule la douce respiration du sommeil simulé émanait du dortoir.

Elles entendirent Mme Volauvent avant de la voir :

— Qu'est-ce que c'est que cette histoire, Mariella ? Tu me réveilles au milieu de la nuit pour me dire que les autres font une fête dans la branche commune, et je ne trouve personne.

— Elles y étaient pourtant ! protesta la petite fée.

Les autres enfouirent leur visage dans leur oreiller pour étouffer leurs rires.

— Elles ont dû se cacher, ajouta-t-elle.

— C'est vrai, elles étaient là, insista Lola de sa voix haut perchée. Elles avaient tout un tas de choses à manger et à boire et…

— Allumez les lucioles ! tempêta Mme Volauvent.

Le dortoir des Jonquilles fut brutalement inondé de lumière. Un silence s'ensuivit.

Twini, qui avait juste entrouvert les yeux, vit la responsable des premières années debout dans le couloir, les mains sur les hanches. Mariella et Lola semblaient abasourdies. Bouche bée, elles arboraient une expression plutôt stupide.

– Eh bien, Mariella, qu'as-tu à dire pour ta défense ? lui demanda Mme Volauvent.

– C'est… c'est une farce ! Elles étaient toutes en train de faire la fête, je le jure…

Le professeur fit claquer ses ailes en la fusillant du regard.

– Eh bien, si elles vous ont fait une farce, je suppose qu'elles avaient de bonnes raisons. Nous n'aimons guère les rapporteuses, à l'École des Fées, mets-toi bien ça dans la tête ! En attendant, puisque vous m'avez réveillée pour rien, Lola et toi, vous finirez toutes les deux le nettoyage des vitres que les autres ont commencé. Je crois qu'elles en sont à peu près à la moitié, vous n'allez donc pas vous ennuyer.

– Mais ce n'est pas juste ! s'indigna Mariella. Elles étaient…

– Préfères-tu renettoyer toutes les vitres ? demanda Mme Volauvent d'un ton cassant.

Mariella se tut, bouillant de rage.

– C'est bien ce que je pensais ! dit Mme Volauvent. Maintenant, au lit, et extinction des lucioles !

Elle décolla de la branche. Personne ne dit mot avant de s'être bien assuré qu'elle était partie. Puis Pix commença à remuer et, comme si elle émergeait tout juste du sommeil, elle s'assit dans son lit et se frotta les yeux.

– Que se passe-t-il ? murmura-t-elle. Qu'est-ce que c'est que tout ce bruit ?

Mariella tapa du pied.

– Tu te fiches de moi ! Je vous ai vues faire la fête.

Twini alluma sa luciole et sauta de son lit.

– Nous tenions juste à te rendre la monnaie de ta pièce pour ce que tu as fait à Bimi. Tu l'as bien mérité. Montre-lui, Fizz !

– Avec plaisir !

Fizz bondit de son lit et voleta jusqu'à Mariella.

– Viens par ici, dit-elle en tendant la main pour l'inciter à approcher. Montre-nous un peu ce qu'il y a dans la poche de ta robe de chambre !

Les joues de Mariella s'empourprèrent. Elle tapota ses cheveux gris-vert.

– Je ne vois pas ce que tu veux dire. Je n'ai rien dans mes poches !

– Dans ce cas, retourne-les, et laisse-nous vérifier par nous-mêmes, exigea Fizz en avançant vers elle.

Mariella avala sa salive et recula d'un pas.

– Non, je refuse. Pourquoi le ferais-je ?

– Dans ce cas, je vais t'aider.

Avec la vivacité d'une guêpe, Fizz s'élança vers elle et plongea sa main dans la poche de Mariella pour en sortir un petit morceau de pétale tout froissé.

– Regardez toutes, dit-elle en le tenant en l'air. C'est exactement ce dont nous vous avions parlé. Bimi avait écrit deux heures. Mariella a remplacé ce pétale par un autre une fois Bimi endormie.

Les fées fixaient le pétale, horrifiées. Avec cette preuve palpable sous les yeux, le

mauvais tour de Mariella leur faisait encore plus horreur.

— Tu devrais avoir honte, murmura sèchement Zena. Tu savais qu'on allait toutes accuser Bimi.

— Je… Je n'avais pas l'intention de lui faire du tort, marmonna Mariella.

Elle avait maintenant reculé pratiquement jusqu'au mur et jetait des regards paniqués autour d'elle.

— Je voulais seulement lui faire une blague, n'est-ce pas, Lola ?

La petite fée maigrichonne hocha vigoureusement la tête.

— Bien sûr ! Mariella ne ferait jamais rien de méchant. C'était juste pour s'amuser.

— Ah oui, quelle bonne blague ! s'écria Twini, ses ailes mauves tremblant d'indignation. La pauvre Bimi s'est retrouvée avec tout le monde à dos et nous avons perdu trois après-midi libres à nettoyer les carreaux. Tu n'as que ce que tu mérites, Mariella !

– Et toi aussi, Lola, ajouta Pix d'un ton sévère. Tu ferais bien de mieux choisir tes amies !

Elle se tourna vers Bimi qui, pâle et silencieuse, était restée debout pendant toute cette conversation.

– Bimi, je sais que nous t'avons déjà demandé pardon, mais je voudrais recommencer. Nous aurions dû savoir que jamais tu ne ferais pareille chose.

Les autres se rassemblèrent autour d'elle pour s'excuser à nouveau. Fizz s'éleva au-dessus d'elles et regarda Bimi dans les yeux.

– J'ai été pire encore que toutes les autres. Tu veux bien me pardonner, Bimi ?

Celle-ci acquiesça.

– Bien sûr ! Et, Fizz, je… euh… peut-être que je me suis trompée à ton sujet, dit-elle d'une traite. Moi aussi, je m'excuse.

La joie envahit Twini alors que Fizz et Bimi s'étreignaient, leurs ailes oscillant doucement. Oh, c'était mervélicieux de voir ses deux amies enfin réunies !

– Mais nous n'avons toujours pas décidé du sort de Mariella et de son moustique d'amie, constata Fizz d'un air sinistre.

Elle lança un regard dur aux deux fées.

– Que veux-tu dire ? demanda Mariella, prise de panique, en se ratatinant contre le mur. J'ai déjà été punie.

– Mais pas par nous, dit Zena. Et c'est avec nous que tu vis !

– Je pense que c'est à Bimi de décider, affirma Twini.

Elle s'approcha de son amie et lui pressa la main pour l'encourager.

– Oui, c'est juste, renchérit Pix. C'est elle qui a le plus souffert de cette histoire. Qu'en penses-tu, Bimi ? Que devons-nous faire de Mariella ?

Bimi se mordit la lèvre, hésitante.

– Eh bien… puisque Mariella et Lola semblent nous détester autant, peut-être pourrions-nous leur faire une faveur et arrêter de leur parler pendant un petit moment.

– Parfait ! s'écria Pix.

Elle se tourna vers Mariella et Lola, qui se tenaient blotties aile contre aile.

– À partir de maintenant, aucune fée de la branche des Jonquilles ne vous adressera la parole, annonça-t-elle avec fermeté. Et cela jusqu'au jour où nous déciderons que vous avez compris la leçon. Et nous nous assurerons que les autres premières années respectent bien la consigne, elles aussi !

– Mais je n'avais vraiment pas de mauvaises intentions ! affirma Mariella, en larmes. C'était simplement une farce, c'est

tout ! Vous n'avez vraiment aucun sens de l'humour !

Fizz promena sur l'assemblée un regard vide.

– Quelqu'un a entendu quelque chose ?

Les autres fées répondirent par la négative.

– Allez, retournons au lit !

Les ailes jaunes de Pix palpitèrent tandis qu'elle étouffait un bâillement.

– Ça va être dur de se lever demain matin !

– Oh, Twini, tu ne penses pas que j'ai été un peu trop dure ? susurra Bimi alors qu'elles se glissaient furtivement sous leurs couvertures en pétales. J'ai pitié d'elles maintenant.

Twini jeta un regard vers l'autre bout de la branche. Mariella était recroquevillée au fond de son lit. Lola sanglotait dans son oreiller. Malgré elle, Twini ressentit un élan de compassion.

– Mm. Mais elles l'ont bien mérité, Bimi, et il faut que ça leur serve de leçon, sinon elles n'arrêteront jamais leurs méchancetés.

Elle sourit avant d'ajouter :

– En plus, on va avoir la paix pendant un bon moment.

Le trimestre se poursuivit dans la joie et la bonne humeur, car le beau temps était de la partie. Les fées essayaient au maximum de se concentrer sur leurs leçons, alors qu'elles ne rêvaient que de papillonner au-dehors en profitant de la douce caresse du soleil sur leurs ailes. L'avantage, c'est que le spectacle de Mariella et de Lola nettoyant les vitres les distrayait un peu.

Quelques semaines plus tard, lors du dîner, Mlle Tincelle réclama leur attention.

– Vous avez sans doute remarqué que les fenêtres de l'école brillent de tout leur éclat.

Elle se tourna vers les vitres de la Grande Branche, qui étincelaient dans la lumière de fin d'après-midi.

– Nous devons cela à quelques-unes de nos élèves de première année que nous pouvons remercier.

Les ailes arc-en-ciel de Mlle Tincelle chatoyaient et elle adressa un sourire aux élèves de la branche des Jonquilles.

– Elles ont eu quelques difficultés à se concentrer sur leur travail ce trimestre et, comme promis, elles ont dû effectuer certaines corvées supplémentaires. Mais elles méritent tout de même nos applaudissements, n'est-ce pas ? Elles ont fait là un travail formidable !

Toute la branche se mit à applaudir. Les petites Jonquilles se sourirent mutuellement, excepté Mariella et Lola qui, assises dans leur coin, n'avaient pas l'air flattées du tout. Mlle Tincelle retourna à sa table et les élèves se remirent à manger, à bavarder et à rire.

– Je pense que nous pourrions recommencer à parler à ces deux-là, maintenant, déclara Pix en jetant un coup d'œil en direction de Mariella et de Lola. Mais attention, vous deux : on ne supportera pas d'autres vilains tours comme celui que vous nous avez joué.

Mariella acquiesça d'un air maussade.

– Oui, d'accord. Et je... je m'excuse, Bimi, ajouta-t-elle en s'adressant à la fée aux cheveux bleus, mais sans la regarder dans les yeux.

« Elle n'a pas franchement l'air désolé... mais peut-être n'est-ce qu'un début ! » pensa Twini.

Bimi paraissait également sceptique, cependant elle hocha la tête.

– C'est bon, Mariella, je sais que tu ne recommenceras pas.

Fizz donna un coup d'aile à Twini.

– On devrait faire quelque chose pour fêter ces belles vitres toutes propres.

Elle la regarda innocemment de ses beaux yeux violets et poursuivit :

– Que dirais-tu d'un festin de minuit ?

Le reste de la tablée grommela tout haut.

– Non, non, plus de festin de minuit pendant un moment ! affirma Twini. Je pense que nous avons eu assez d'émotions fortes pour le trimestre !

– Pour sûr ! renchérit Bimi.

– Moi, je n'en ai jamais assez ! affirma Fizz en riant.

Twini reprit un gâteau au pavot qu'elle grignota gaiement pendant que les autres fées discutaient autour d'elle. Le festin au vallon Enchanté avait été étinsorcelant et elle savait qu'un jour, elle y retournerait.

Twini regarda Bimi, et les deux fées échangèrent un sourire complice. Mais la prochaine fois, elle s'assurerait que sa meilleure amie soit bien auprès d'elle !

L'auteur

Titania Woods est le nom de plume
de Lee Weatherly pour sa série *L'École des Fées,*
dont une dizaine de titres ont déjà paru
en Angleterre. Auteur de plusieurs romans
pour adolescents, elle est née aux États-Unis,
et habite aujourd'hui dans le comté
du Hampshire, en Grande-Bretagne.

Jonquille

L'École des Fées